JN223511

オックスフォードと英文学

臼井雅美 編

OXFORD AND ENGLISH LITERATURE

英宝社

オックスフォードと英文学

（*Oxford and English Literature*）

目　次

プロローグ

臼井　雅美

オックスフォードは文学の町である。それは、オックスフォード大学という世界でトップクラスの大学が鎮座する町だからであり、実際に、オックスフォード大学はイギリスを代表する詩人や作家を多く輩出してきた。しかし、それ以上に、出版や印刷の歴史があり、そこに多くの人々が集った。オックスフォードはオックスフォード大学を含む一つの町であり、その町から文学が生まれたとも言えるのである。私自身、オックスフォード大学でリサーチ三昧の日々を送るうちに、オックスフォードの町に魅せられて、2021 年に『ふだん着のオックスフォード』（PHP エディターズ・グループ）を上梓した。本書では、オックスフォード大学を含むオックスフォードの町から生まれた英文学に焦点を当てる。

オックスフォードと文学に関しては、一般書から専門書まで出版されてきた。David Horan による *Oxford: A Cultural and Literary Companion* という一般書もあれば、Geoffrey Faber の *Oxford Apostles: A Character Study of the Oxford Movement* のようなオックスフォード運動の専門書もある。そして、一般読者に人気がある J. R. R. トールキン（J. R. R. Tolkien）や C. S. ルイス（C. S. Lewis）が中心となってオックスフォードで文芸活動を行ったインクリングズ（Inklings）、ルイス・キャロル（Lewis

Carroll）の『不思議の国のアリス（*Alice's Adventures in Wonderland*）』に関するものまで多くの専門書が出版されてきた。それに加え、推理小説家コリン・デクスター（Collin Dexter）のオックスフォードを舞台とした『主任警部モース（*Inspector Morse*）』シリーズ、J. K. ローリング（J. K. Rowling）の『ハリー・ポッター（*Harry Potter*）』シリーズに関しても、テレビや映画のヒットによりオックスフォードのガイドブックが出版されるなど、一般読者にとってもオックスフォードと文学は切り離すことはできない。

しかし、それ以上にオックスフォードは文学の宝庫であり続けた。それは、オックスフォード大学は聖職者を養成する高等教育の場として11世紀末に創設され、伝統に支えられてきたことによる。特に、オックスフォード大学の発展と変遷において、エリザベス一世の時代から21世紀にかけて多様な詩人や作家を世に送り出してきた。16世紀から17世紀においては宮廷人で詩人のフィリップ・シドニー（Philip Sidney）や聖職者で詩人のジョン・ダン（John Donne）がオックスフォード大学で学んだ。

時代が移り変わると、伝統あるオックスフォード大学から革新的な文学の担い手たちが次々と誕生していった。19世紀になると、オックスフォード大学を卒業した詩人や作家たちが、より自由な創作活動を始めた。パーシー・ビッシュ・シェリー（Percy Bysshe Shelley）、マシュー・アーノルド（Matthew Arnold）、桂冠詩人（Poet Laureate）となったロバート・サウジー（Robert Southey）、トマス・ド・クインシー（Thomas De Quincey）などである。彼らの多くが産業革命により台頭してきた中流階級の子弟たちで、その中には美術批評家となったジョン・ラスキン（John Ruskin）や詩人でありアーツ・アンド・クラフツ運動を先導したウィリアム・モリス（William Morris）、さらにA.E.ハウスマン（A. E. Housman）もいた。19世紀後半から20世紀にかけては、オスカー・ワイルド（Oscar Wilde）やイーヴリン・ウォー（Evelyn Waugh）、ジョン・ミドルトン・マリー（John Middleton Murry）、W.H.オーデン（W. H. Auden）、桂冠詩人となったジョン・ベッチュマン（John Betjeman）などが活躍した。

さらに女性学寮であるサマーヴィル・コレッジ出身のドロシー・L.セイヤーズ（Dorothy L. Sayers）、ヴェラ・ブリテン（Vera Brittain）、ウィニフレッド・ホルトビー（Winifred Holtby）など女性作家たちが作品を発表していった。それまでの慣習に対峙し、階級の差や性差を超越しようとする新たな文学者たちが、オックスフォード大学という殻を破り社会に出ていったのだ。

20世紀になると、フィリップ・ラーキン（Philip Larkin）など古典文学を継承する英国白人男性に対して、女性、外国籍、移民などのより多様なバックグラウンドを持つ作家たちがオックスフォード大学で学び、作家となっていった。そして、彼らの作品のジャンルも詩や小説から児童文学、推理小説やスパイ小説など多岐にわたっていくことになる。

この時代は、セイヤーズたちに続き、数多くの女性作家を輩出してきた。小説家では、哲学者でもあったアイリス・マードック（Iris Murdoch）、児童作家を経てセイヤーズの未完書を完成させて推理小説の執筆に取り組んだジル・ペイトン・ウォルシュ（Jill Paton Walsh）、『ブリジット・ジョーンズの日記（*Bridget Jones's Diary*）』で一躍人気作家となったヘレン・フィールディング（Helen Fielding）、ケンブリッジ大学とオックスフォード大学の両大学で学んだA.S.バイアット（A. S. Byatt）、そしてレイチェル・カスク（Rachel Cusk）などがいる。詩人では、チャールズ・ダーウィンの末裔であるルース・パデル（Ruth Padel）、ウェンディ・コープ（Wendy Cope）、2019年から2023年まで、女性で初めてOxford Professor of Poetryの地位に就いたアリス・オズワルド（Alice Oswald）がいる。

また、アメリカからオックスフォード大学に留学して作家となった者たちが出てくる。T.S.エリオット（T. S. Eliot）、児童文学作家のドクター・スース（Dr. Seuss）などが活躍した。さらにアラバマ大学在学中にオックスフォード大学のサマー・セミナーに参加したハーパー・リー（Harper Lee）もいる。

20世紀後半からは、オックスフォード大学は民族的および人種的多様性を受け入れていくようになる。アングロ・アイリッシュ系の詩人ロバート・グレーヴス（Robert Graves）は、1961年から1966年にかけてOxford Professor of Poetryの地位に就いた。この名誉ある地位には、1989年から1994年の間、北アイルランド出身でオックスフォード大学出身者でないシェイマス・ヒーニー（Seamus Heaney）が就くことになる。この地位を降りた翌年、ヒーニーはノーベル文学賞を受賞している。第二次世界大戦前後には、旧英領出身者でオックスフォード大学卒業後に作家となるものが出てくる。トリニダード・トバゴ出身のインド系移民の子孫でノーベル文学賞を受賞した

V. S. ナイポール（V. S. Naipaul）はその代表だと言える。その後、旧英領からイギリスに渡った留学生だけでなく、移民二世の中からもオックスフォード大学に進学して文学の担い手となっていった者たちが出てくる。ナイポールの一族出身でトリニダード・トバゴとスコットランド出身の両親からトリニダード・トバゴで生まれたヴァーニ・キャピルデオ（Vahni Capildeo）、第二次世界大戦後に、アフリカ系カリブ人の両親と共に移民としてセントキッツから渡ってきたキャリル・フィリップス（Caryl Phillips）、ナイジェリア出身の両親のもとロンドンで生まれ、白人の家庭に養子に出されたペイシェンス・アグバビ（Patience Agbabi）、インド出身の父親とイギリス人の母親のもとイギリスで生まれたモニカ・アリ（Monica Ali）、香港出身でLGBTQ＋のメアリー・ジーン・チャン（Mary Jean Chan）などがいる。旧英領やコモンウェルスの出身者の中でも、留学生としてオックスフォード大学に入学したインド系中流階級出身者であるナイポールから、第二次世界大戦後に英領からイギリスに渡った移民であるウィンドラッシュ世代の親を持つ労働者階級出身のフィリップスやアリへと人種と階級の壁を越えていくようになる。

また、セイヤーズやウォルシュが打ち破った古典文学の壁をさらに塗り替えたのが、数々の社会派サスペンス小説を世に出したグレアム・グリーン（Graham Greene）、スパイ小説家ウィリアム・ボイド（William Boyd）、犯罪小説家ヴァル・マックダーミド（Val McDermid）やジョン・ル・カレ（John le Carré）などである。これらの作家たちの作品が世に出ると、それまで大衆文学として軽視されていた推理小説あるいは犯罪小説が、より緻密で知性あふれる作品として高く評価されるようになる。さらに児童文学作家では、上記のウォルシュ以外に、マイケル・ローゼン（Michael Rosen）やフィリップ・プルマン（Philip Pullman）がいる。特にローゼンはユダヤ系移民の子孫として生まれ、現代のイギリス児童文学を代表する作家として、後進の若手作家に大きな影響を与えてきた。

オックスフォードから生まれた文学には、オックスフォード大学を批判するものもある。上記以外にも、オックスフォード大学出身者ではないが、オックスフォードを舞台として作品を描いた作家たちがいた。トマス・ハーディ（Thomas Hardy）や、前述のデクスターなどである。彼らにとって、オックスフォード大学は憧れであり、同時に批判の対象でもあった。それは、保守的な学問の砦であるオックスフォード大学に対する挑戦であり、宗教や階級そして性差を超えて学生を受け入れていった変遷を物語るものでもある。そこには、オックスフォード大学への期待もあったはずである。

今回は、オックスフォード大学を含め、オックスフォードという町が生み出した豊かな文学を、ほんのごく一部であるが、共通のテーマとして７人の研究者で論じることを目的とする。

第一章「オックスフォード運動とサラ・コウルリッジ――英国ファンタジー小説の源流を探る」は、金津和美氏によるイギリス・ロマン主義を代表する詩人S.T.コウルリッジ（S. T. Coleridge）の娘、サラ・コウルリッジ（Sara Coleridge）の作品と思想についての考察である。サラ・コウルリッジの『ファンタスミオン――妖精物語』は、イギリス・ファンタジー小説の原点に位置付けられる作品である。オックスフォード運動における理性主義批判に反論を行ったコウルリッジの宗教論に注目し、彼女の宗教哲学においてイギリス・ロマン主義の思潮がいかに継承され、『ファンタスミオン』の物語に反映されているのかを考察することで、イギリス・ファンタジー小説の源流を探るという意欲的な議論が繰り広げられている。

第二章「〈お伽噺〉の時代のアリス物語——日本初期の『アリス』翻訳と明治の児童文学」は、明治時代とヴィクトリア時代の比較文化や比較文学を専門とする屋木瑞穂氏による『不思議の国のアリス』の翻訳論である。ルイス・キャロルの『アリス物語』の最初の紹介者である長谷川天渓の「鏡世界」と永代静雄の『アリス物語』の翻案部分を取り上げて、ヴィクトリア時代のノンセンス・ファンタジーを、児童文学が〈お伽噺〉と呼ばれた明治後半期の日本の言語文化の中にどのように受容したのかについて原作との比較を通して分析している。さらに、初期の『アリス』翻訳を、同時代の〈お伽噺〉や少女向け物語に描かれた少女像との比較、当時の〈お伽噺〉の「空想」の価値をめぐる議論との関わり、少女の冒険の描写の観点から考察し、これまで看過されてきた同時代的文脈における意義について明らかにしようとしている。

第三章「日陰者が目指した「光の都」——トマス・ハーディ『日陰者ジュード』とオックスフォード」において、金谷益道氏は、ハーディが『日陰者ジュード』の中で、オックスフォード大学にはびこる悪習を世間に知らしめることを目指したと論じている。悪習の一つは労働者階級に門戸を閉ざす階級主義であり、もう一つは利他主義を失ったキリスト教信仰であった。このようなオックスフォード大学の悪習と共に、男性の過度な理想主義をハーディが批判している点についても論考し、更に小説中で暗示されている、ジュードのような労働者階級を受け入れようと舵を切り出した、当時のオックスフォード大学での教育改革運動についても考察している。

第四章「オックスフォードからの旅――『ブライズヘッドふたたび』における疎外と召命」において、有為楠香氏はウォー著『ブライズヘッドふたたび』の主人公チャールズ・ライダーの遍歴を、疎外と召命というキーワードで概観する。チャールズがブライズヘッドとの関わりによって与えられたものは諦念だけだったのか、作者ウォーの人生との同一性を検討しつつ、オックスフォードからブライズヘッドに至るチャールズの足跡をたどる。そして彼が最終的に物語内で果たした役割は何か、召命というカトリックの観念を参照しながら考察している。

第五章「インクリングズのオックスフォード――英国ファンタジーが生まれた場所」において、野田ゆり子氏は、20 世紀のオックスフォードは、ルイスとトールキンをはじめ、優れたファンタジー作家を数多く輩出したことを論じている。同時代のオックスフォードが、学問の拠点としてのみならず、重工業（自動車産業）の中心地として栄え、二面性を持つ街へと変貌を遂げていたことに注目し、過去と現在の対照性が際立つオックスフォードが、機械による破壊の時代を映し出す鏡となり、『ナルニア国物語』、『ホビットの冒険』、『指輪物語』における過去への「憧れ」と「逃避」を促した可能性について考察をする。

第六章の「女性推理作家たちの夢の跡――ドロシー・L・セイヤーズとジル・ペイトン・ウォルシュ」では、臼井がオックスフォード大学における女性高等校育への門戸開放と女性学寮から輩出された20世紀の作家セイヤーズとその足跡を追ったウォルシュに焦点を当てる。特に、オックスフォード大学が誇る古典に対して推理小説というジャンルに挑んだセイヤーズとウォルシュは、それぞれの時代に、女性と学術界、女性と犯罪、女性と警察、そして女性と専門職という対立が存在したことを提示した。そこには、推理小説を枠に性の政治学を埋め込んだ思想が反映されていることを論じている。

第七章「『鐘』から読むアイリス・マードックの「愛」の哲学」において、高橋路子氏は男性優位なオックスフォード哲学界にあって、女性哲学者として、小説家としてのマードックに焦点を当てている。マードックが形而上学を排するオックスフォード哲学のあり方に異議を唱え、シモーヌ・ヴェイユの思想に影響された「愛」の哲学、すなわち他者への眼差しを主軸とした道徳哲学の重要性を説いた点を、初期の代表作『鐘』(1958) からマードックの「愛」の哲学を考察している。

オックスフォードと英文学というテーマは永遠のものであり、新しい作品が誕生するたびに先人たちの作品も思い起こされ、オックスフォード像が進化していくのである。

注

序文では、作家の氏名等に関してのみ記述した。作家に関する詳細な情報は各章を参照のこと。

第一章　オックスフォード運動とサラ・コウルリッジ
——英国ファンタジー小説の源流を探る

金津　和美

1. 序文——英国ロマン主義からヴィクトリア朝へ

英国ファンタジー小説の源流を辿ると、『ファンタスミオン——妖精物語（*Phantasmion: A Fairy Tale*）』（1837）に行き着く。著者サラ・コウルリッジ（Sara Coleridge, 1802-1852）は英国ロマン主義時代を代表する詩人・思想家S. T. コウルリッジ（Samuel Taylor Coleridge, 1772-1834）の娘として知る人は多いが、彼女がオックスフォード運動という宗教論争に果敢に加わった論客であったことはあまり知られていない。

英国ロマン主義、とりわけS. T. コウルリッジの思想とオックスフォード運動との関係は複雑である。英国国教会を真のカトリック教会と考えるアングロ・カトリシズムの伝統、聖典を重んじるロゴス中心主義の言語観、キリスト教精神を礎に据えた有機的社会論において、オックスフォード運動はS. T. コウルリッジの哲学的・神学的思想と類縁性を持つ。事実、1842年の雑誌『キリスト教雑録（*Christian Miscellany*）』には、オックスフォード運動の原点をS. T. コウルリッジやウィリアム・ワーズワス（William Wordsworth, 1770-1850）に見られる前期ロマン主義の思想に求める論考が掲載されるなど、その影響は広く指摘されていた（Barbeau 119）。しかしながら、サラ・コウルリッジはそういった論調において父親の思想が正しく理解されていないと考え、『省察への助け（*Aids to Reflection*）』（1825）［以下 *AR*］の編集作業などを通して、その神学的思想を継承・擁護する議論を展開した。

本稿では、サラ・コウルリッジの生涯と作品を辿ることで、英国ロマン主義時代からヴィクトリア朝時代にかけて、出版を通した言論の場において女性が果たした役割に注目する。特にオックスフォード運動という保守主義の反動的文化を背景として、『ファンタスミオン』という小説が一人の母親によって書かれ、いかにして英国ロマン主義の思潮がやがてC. S. ルイス（Clive Staples Lewis, 1898-1963）を巨匠として確立される英国ファンタジー小説の伝統へと繋がれていったのか、その原点を探ってみたい。

2. サラ・コウルリッジと児童教育――『良い子のための小さい詩の授業』

サラ・コウルリッジは1802年12月23日に湖水地方の町ケズィック（Keswick）で生まれた。彼女が誕生した時、父親S. T. コウルリッジの姿はなく、彼の妻子の養育を支えたのは、桂冠詩人ロバート・サウジー（Robert Southey, 1774-1843）であった。サラはサウジーの家族と共にグレタ・ホール（Greta Hall）で育ち、教育を受けた。特に語学の才能に恵まれ、ギリシャ語、ラテン語、イタリア語、フランス語、ドイツ語に習熟

していたという。また、湖水地方における自らの恵まれた知的環境を振り返って、

> "I used to take long walks with Mr. Wordsworth about Rydal and Grasmere···listening to his talk all the way; and for hours have I often listened when he conversed with my uncle, or, indoors at Rydal Mount, when he chatted or harangued to the inmates of his household or the neighbours." (Swaab 96)

と述べるように、コウルリッジ家の子供たちに愛情深く接したワーズワスなどとの交流を通じて、ロマン主義的思潮の薫陶を受けて成長した。

グレタ・ホールにおける教育の結実は、サラの最初の出版物にも見られる。サウジーはサラの次兄ダーウェントに大学進学の資金を得るためラテン語の書物を翻訳して出版することを提案したが、その仕事を引き継いで完成させたのは妹のサラであった。彼女の翻訳が正確で質が高いことを確認したサウジーは、ジョン・マレイ（John Murray, 1778-1843）に紹介して、サラの初めての出版物、マルティン・ドブリツフォファー（Martin Dobrizhoffer）の『パラグアイの騎馬民族、アビポンス族の物語（*An Account of the Abipones, an Equestrian People of Paraguay*）』（1822）全3巻を出版させた。さらにその数年後、サラは中世フランスの騎士ピエール・テライユ、セニョール・ド・バヤール（Pierre Terrail LeVieux, seigneur de Bayard）の回顧録『騎士バヤールの勲功、偉業、武勇について正しく楽しく愉快な物語（*The Right Joyous and Pleasant History of the Feats, Gests, and Prowesses of the Cavalier Bayard*）』（1825）の翻訳・

出版を行なっている。

グレタ・ホールで育まれた教育への熱意は、母親になると共に、その子供たちへと向けられた。1829年、従兄弟ヘンリ・ネルソン・コウルリッジ（Henry Nelson Coleridge）との結婚を機に、サラはロンドンに上京する。その後、生涯にわたって少なくとも7回の妊娠を経験しているが、流産や早世が重なり、成年に達したのは長男ハーバートと長女イーディスの二人だけであった。サラは教育的な内容を詩で綴ったカードを手製するなど、二人の子供たちの教育に熱心に携わっている。息子と娘のために作られたこの私的な学習教材は、やがて1冊に編纂されて1834年に『良い子のための小さい詩の授業（*Pretty Lessons in Verse for Good Children*）』［以下*PL*］として出版された。[1]

ドネル・ルウェ（Donelle Ruwe）によれば、英国ロマン主義時代において、母親が手作りの教材を通して家庭教育を担うという考え方が普及したのは、フランス人作家キャロライン・ステファニー・フェリシテ、マダム・ド・ジャンリス（Caroline-Stéphanie-Félicité, Madame de Genlis, 1746-1830）の小説『アデルとテオドール、あるいは教育のための手紙（*Adèle et Théodore, ou Lettres sur l'éducation*）』（1782）の影響に負うところが大きいという（Ruwe, *British Children's Poetry* 150-51）。ジェンリス夫人の教育小説は発表されると間もなく、父親の勧めで英訳に着手した弱冠14歳のマリア・エッジワース（Maria Edgeworth）によって出版され、女性による家庭教育への関心を高めた。こういった女性読者の中には、アナ・レティシア・バーボルド（Anna Letitia Barbauld）、ジェーン・オースティン

(Jane Austen)、アン・ラドクリフ（Ann Radcliffe)、エリザベス・インチボルド（Elizabeth Inchbald)、サラ・トリマー（Sarah Trimmer）といった作家や活動家たちがいる。

サラ・コウルリッジもまた、家庭における母親の教育的役割について高い意識を持ち、女性に求められる社会的規範を逸脱することを良しとはしなかったが、長男ハーバートには裁縫を、長女イーディスにはラテン語を学ばせるなど、ジェンダーの平等において寛容な姿勢を見せた (Barbeau 33-34)。とりわけ彼女にとっての教育の目的は、単に知育の発達を促すことだけではなく、自律したキリスト教精神の涵養にあったという点は注目に値するであろう。"I believe that women exercise a considerable influence over the religion of this land"（Swaab 14）と述べるように、サラは家庭教育において、女性が国家精神の礎を支える役割があると考えた。

では、サラの『良い子のための小さい詩の授業』はどのような学習教材であったのだろうか。長男ハーバートと長女イーディスに語りかける詩作品で構成されているこの教材は、"January brings the snow, / Makes our feet and fingers glow"（*PL*, lines 1-2）で始まる詩「12ヶ月（"The Months"）」に代表されるように、子供に言葉の意味を教えることを主たる目的としている。また、英語の綴り方についての詩（"How to spell Chest-nut, or Chestnut," "EI and IE"）や 26 篇のラテン語の詩が含まれているように、その言語教育の目指すところは幅広い。

また、食事の仕方（"Behaviour at Meals"）、外遊びをすること（"To Herbert, when he objected to a Walk"）、辛抱強くあること（"Mama's Advice to Herbert"）など、子供への生活上の教訓を語

る詩も含まれているが、特に興味深いのは、自然の事物を丁寧に凝視(みつ)めて描写する作品が多い点であろう。そこには子供たちの視線を自然界へと導き、自然の事物についての名前や知識を習得するだけではなく、彼らを取り巻く世界への深遠な理解を促そうとする意図が感じられる。

例えば、「芥子の花（"Poppies"）」では、花の美しさを無邪気に喜ぶ子供と、アヘンとして服用する母親が対照的に描かれている。長女イーディスの出産はサラにとって危険が伴うものであり、産褥熱による鬱症状と不眠、また、それをきっかけとして服用したアヘンの中毒症状に悩まされることになった。彼女は、自身の虚弱な体質や父親から受け継いだアヘン服用の習慣が、遺伝的に子供たちにも引き継がれることを懸念していたという（Ruwe, *British Children's Poetry* 149-50）。「芥子の花」の描写には、植物としての花の美しさを愛でると共に、植物が持つ効能や副作用、また、子育てをする母親の苦悩と不安が直截に告白され、自然界のありのままの現実に真摯に向き合おうとする生活者としての視線が読み取れる。

The Poppies blooming all around
　My Herbert loves to see;
Some pearly white, some dark as night,
　Some red as cramasie:⋯.

O! how shouldst thou, with beaming brow,
　With eye and cheek so bright,
Know aught of that gay blossom's power,
　Or sorrows of the night?

When poor Mama long restless lies,
　She drinks the poppy's juice;
That liquor soon can close her eyes,
　And slumber soft produce:

O then my sweet, my happy boy
　Will thank the Poppy-flower,
Which brings the sleep to dear Mama,
　At midnight's darksome hour.（*PL* 74-75）

3. オックスフォード運動と「理性中心主義について」

S. T. コウルリッジの没後、サラ・コウルリッジは『文学雑録（*Literary Remains*）』(1836-39)、『友（*The Friend*）』(1837)、『教会と国家の構成原理について――平信徒の説教（*On the Constitution of Church and State & Lay Sermons*）』(1839)、『探究的精神の告白（*Confessions of an Inquiring Spirit*）』(1840）といった父親の著作の再版を手掛けるようになる。いずれも夫ヘンリの名前で出版されたが、その編集に当たってはサラが多くを担っていたことは疑いがない。さらに1843年1月に夫ヘンリ、同年3月に伯父サウジーが逝去したことを転機として、サラは一人で父親の著作を編集・再版する仕事を担うようになる(Barbeau 81-82)。

『省察への助け』第5版を再版（1843）するにあたって、サラは自身の論考「理性中心主義について（"On Rationalism"）」を添えて出版した。220ページにも及び補遺としては異例の長文で、第2巻の大部分を占めたという。サラがこの長大な論考を公にすることを決意した理由は、オックスフォード運動による理性中心主義批判に応答することにあった。

ジョン・ヘンリ・ニューマン（John Henry Newman, 1801-1890）を中心として始められたオックスフォード運動は、英国ロマン主義時代の終焉とヴィクトリア朝という新たな政治的・社会的闘争の時代の幕開けを記す出来事であった。審査法（Test Act）と自治体法（Corporation Act）の廃止（1828年）、カトリック解放法（Catholic Emancipation Act）の制定（1829年）に続く第一次選挙法改正（1832年）によって、英国ロマン主義が掲げた社会改革の理念には一定の結実が見られた。しかし、それは非国教徒に議会進出の可能性を開いたばかりではなく、議会の世俗化を進めることになり、かろうじて相互依存の関係が保たれていた英国国教会と国家との前提を否定して、根強い社会的不和を顕在化させることになった。

このようなホイッグ党（the Whigs）のリベラリズムに基づく社会改革政策に対して、保守主義のカウンター・カルチャーとして展開していったオックスフォード運動は、機関誌『時局冊子（*Tracts for the Times*）』を媒体として激しい論争を繰り広げていく。トラクタリアンと呼ばれる『時局冊子』の論客が主な批判の対象としたのは、英国ロマン主義のリベラリズムが扇動した理性中心主義の思想であった。例えば、ニューマンは初期の説教「理性の簒奪（"The Usurpations of Reason"）」（1831）において、宗教革命以降に顕著となる理性への偏重が、英国国教会の権威の礎であった啓示宗教の根幹を揺るがせたとして厳しく断罪している。すなわち啓蒙主義と共にプロテスタンティズムの理性中心主義がリベラリズムを生み落とし、個人が伝統や共同体から切り離されて信仰の自由を求める傾向が助長されたという。ニューマンはそれを「究極的には主観的で心理主義的な虚無主義」(野谷 15) へと向かうものであるとして警鐘を鳴らし、啓示宗教の復興を通して英国国教会の再活性化を訴えたのである。

結婚後、ロンドンで暮らしたサラは、オックスフォード運動が最も盛んな教会の一つ、アルバニー通りのクライスト・チャーチ (Christ Church) に通った。[2] サラがニューマンを論敵として認めていたことを考えれば、彼女がクライスト・チャーチに通い続けていたことは奇妙なことに思われるかもしれない。しかし、国家的秩序の要としてキリスト教精神を据え、信仰復興運動の重要性を支持する姿勢において両者は共通している。実際、オックスフォード運動の原点を英国ロマン主義の思想に求める傾向は顕著であり、ニューマン自身も部分的にはそれを認めていたという。しかし、それと同時にニューマンは、信仰の問題を哲学的省察へと転じ、理性中心主義を助長したという点において、S. T. コウルリッジに批判的であり、慎重に距離を取る姿勢を貫いていた (Prickett 37-38)。

確かにS. T. コウルリッジの哲学的神学において理性は重要な意味を持つ。"There exists in the human being, at least in man fully developed, no mean symbol of Tri-unity, in Reason, Religion and the Will"[3] と述べるように、S. T. コウルリッジは理性・宗教・意志がそれぞれ別個の活動力として働きながら、互いに三位一体として融合する関係性において人間の完全な構造、さらには国家の完全な構造があると考えていた。そのため意志に関わる知的能力として理性と悟性の区別を明確にすることはS. T. コウルリッジにとって枢要な問題であり、彼の哲学的神学論『省察への助け』の主たる目的はそこにあったと言っても過言ではない。

『省察への助け』においてS. T. コウルリッジは理性と悟性の違いについて論じ、悟性を感覚的知覚によって得られた情報を一般化する能力として定義する一方で、理性については“*formal*（or abstract）truth”に関わる“*speculative* Reason”と“*actual*（or moral）truth”に関わる“*practical* Reason”の二つに区別して論じている（*AR* 217）。S. T. コウルリッジにとって理性は普遍的なるものを直接に認識する直観的能力であり、それによって個人が普遍的真理を把握しうるがゆえに、神の啓示に参与することを可能にする力であった。したがって後者“*practical* Reason”は“*Light* of the Conscience”（*AR* 217）とも呼ばれ、その光に従うことで個人の意志は、“the Divine Spirit”（*AR* 217）を象徴的に読み取る理性の意志となり、その働きを通して贖罪と救済の奇跡が初めて個人にもたらされると考えた。

> Whenever by self-subjection to this universal Light, the Will of the Individual, the *particular* Will, has become a Will of Reason, the man is regenerate: and Reason is then the *Spirit* of the regenerated man, whereby the Person is capable of a quickening inter-communion with the Divine Spirit. And herein consists the mystery of Redemption, that this has been rendered possible for us.（*AR* 217）

啓示宗教において個人の意志と理性が不可欠であるとした点において、サラ・コウルリッジもまた父親の思想を継承し、オックスフォード運動のトラクタリアンたちと激しく対立した。啓示宗教の再興を唱えるトラクタリアンたちにとって、救済は教会の秘蹟を通して個人に与えられるものであり、特に洗礼による再生の重要性が強調された。しかし、「理性中心主義について」においてサラ・コウルリッジは、洗礼を受けさえすれば、成長した大人も、理性的・道徳的存在として未熟な子供も同様に、信仰に関わりなく再生が与えられるという矛盾を指摘して、トラクタリアンの教義を疑問視する。サラによれば、トラクタリアンにとっての洗礼は「正しい」精神ではなく、単に「新しい」精神を与える儀式に過ぎず、洗礼における再生の聖書的意味を矮小化するものに他ならない。つまり、啓示において人間の意志の力を軽視することによって、彼らは魂の受動性を強要し、教会の権威主義を推し進めようとしているとして、その保守主義を批判したのである。

> Regeneration, according to this view of it⋯.is not the putting a *right* within us, but only a *new* spirit, which, though characterized as a power unto righteousness, leaves the will as impotent as it is by nature, it is not connected with renewal as the ripening of fruit by the sun with the ripeness produced; for it is perfected, even in him whose will and reason are actually existent, during the entire passivity of the soul⋯.[4]

したがって、「理性中心主義について」においてサラもまた父親 S. T. コウルリッジの定義に倣い、理性を “the power of seeing aright” と呼び、二つの知的能力、すなわち、“actual (moral)” な真理に関わる “a spiritual organ” としての理性と、“abstract truth” に関わる “the ground of formal principles” としての理性に区別して論じている（“OR” 39）。わずかばかり父親の定義と異なっているのは、後者の理性を悟性とほぼ同義とした点である。そうすることで悟性が “a ‘faculty of the finite’” であるのに対して、前者の理性が神の啓示的な “a light” と結びつく力であることを強調したと考えられるだろう（“OR” 40)。サラによれば、生命であると共に光でもある宗教は、思考の働きによって認識され、意志という決定因へともたらされる。つまり、霊的な光である理性の介在にしたがうことによってのみ意志は働きはじめ、人は精霊と共に歩む道を見出すことができるというのである。

> It is only in thinking, a function of the intellect, that we enter into the use of reason: it is only when reason comes into play that the will, the constituent of humanity begins to act or be actualized; it is only in willing conformably to right reason, when that has been potentiated from above, that man commences a religious course, a walking in the Spirit. (“OR” 43)

サラが子供たちのために手作りした学習教材『良い子のための小さい詩の授業』に編纂された詩「摂理（“Providence”）」には、彼女の理性と自由意志を重んじるキリスト教精神が表されている。

> Great God, who bids the waves retreat—
> Who made the sky, the earth, and sea—
> Spreads for the flock their pasture sweet,
> And guards the portion of the bee.
>
> All these their Maker’s law fulfil;
> By Nature led, they cannot stray:
> But we, with choice of good and ill,

Must learn to take the better way.（*PL* 91）

神は万物を神の摂理にしたがうものとして創造した。しかし、人間はより良い道を学び、選ぶことができると、この詩は教えている。サラは、当時、広く普及していた、子供にわかりやすい物語や視覚的イメージを用いて宗教的・道徳的教訓を与えようとする作品には好意的ではなく、[5] むしろ、"I should like to present the sublime truth of Christianity to the youthful mind"（Swaab 9）と述べている。では、サラにとって子供たちに "the sublime truth of Christianity" を伝える物語とはどのようなものであったのだろうか。次に『良い子のための小さい詩の授業』と同じく、当時6歳だった息子のために書き始められた妖精物語『ファンタスミオン』について考察したい。

4. 英国ファンタジー小説『ファンタスミオン』

ピーター・ハント（Peter Hunt）によれば、ヴィクトリア朝時代におけるファンタジー小説の流行は、ゴシック小説の人気やストランド街における劇場文化の発達、恐竜の化石の考古学的発見などによって異世界への関心が高まったことに加えて、啓蒙主義的理性の専制を疑問視する英国ロマン主義の思想運動に端緒が見られるという（90-91）。ロマン主義思潮を継承するサラ・コウルリッジの『ファンタスミオン』は、ファンタジー小説黎明期に発表され、この新たな文学ジャンルの誕生に先鞭をつけた作品の一つである。

サラ自身も妖精物語の系譜について、父親やサウジー、ワーズワスと共にウォルター・スコット（Sir Walter Scott, 1771-1832）やチャールズ・ラム（Charles Lamb, 1775-1834）の名を挙げて原点を示し、それが単に非現実的な空想世界の物語ではなく、子供たちの精神にとって "wholesome food"（Swaab 8）になりうる文学であると位置づけた。特に詩的な美しさが生き生きと描かれた物語を読むことによって、読者の想像力が刺激され、"the truths and realities both of the human mind and of nature"（Swaab 10）が理解されるのだとして、"the sublime truth of Christianity" を伝える手段として妖精物語の重要性を強調している。こうしたサラの文学観は、『ファンタスミオン』第2版（1874）に添えられた「反歌（"L'Envoy of Phantasmion"）」にも読み取ることができるだろう。

Go, little book, and sing of love and beauty,
To tempt the worldling into fairy land;
Tell him that airy dreams are sacred duty,
Bring better wealth than aught his toils command,
Toils fraught with mickle harm.

But if thou meet some spirit high and tender,
On blessed works and noblest love intent,
Tell him that airy dreams of nature's splendour,
With graver thoughts and hallowed musings blent,
Prove no too earthly charm. [6]

さらに注目したいのは、サラが『ファンタスミオン』の道徳性について、それが寓意ではなく、全体が "the moral instincts of one educated in a Christian land"（Swaab 19）によって感得されるもの、いわば象徴として表されているとした点である。ステファン・プリケット（Stephen Prickett）は、英国ロマン主義からヴィクトリア朝時代のキリスト教文化に継承された伝統の一つとして、S. T. コウルリッジが体系的に論じた象徴の言語論を指摘している（7)。例えば S. T. コウルリッジは、悟性について一般化するという作用のみを認めたのに対して、理性については想像力の仲介を通して、感覚が捉えた形象 (イメージ) を統一して象徴の体型を生み出す力であると定義した（*LS* 29)。そして、このようにして生み出された象徴の典型として聖書を挙げ、それを "THE WORD OF GOD" と呼び、象徴を生命の真理と一体をなして、真理を伝える導き手であると論じている（*LS* 29)。こういった父親の象徴に関わる神学的・詩的言語観に倣って、サラもまた自身の作品を、想像力を掻き立てる象徴の体系として構築することを目指したと考えられる。

では、ファンタジー小説『ファンタスミオン』において、理性と意志によってもたらされる信仰の光の象徴はどのように描かれているのだろうか。

『ファンタスミオン』は、豊穣の国パルムランドの王子ファンタスミオンが、妖精たちの導きにしたがって、王として成長する冒険物語である。ファンタスミオンの父ドリマントは、隣国ロックランドとの友好関係を破棄して強引に併合しようと企むが、自ら招いた憎悪と復讐の連鎖の中で身を滅ぼしていく。また母親ザリアも若くして世を去り、孤児となった王子ファンタスミオンは、ロックランドの王女イアリンの美しさ、気高さに心を打たれ、彼女を放浪の運命から救おうと決意する。数々の苦難を経て、イアリンの愛を得たファンタスミオンは、最終的にパルムランドとロックランドを征服しようとするポリアンシダ国の王マグナートと軍師グランドレスに立ち向かい、両国を守るための戦いへと導かれていく。

『ファンタスミオン』の特徴の一つは、精緻で豊かな自然描写にある。そこには湖水地方で生まれ育ったサラ自身の自然観が強く反映されていると言えるだろう。[7] 昆虫界の女王ポテンティラをはじめとして、花の精霊フェイデリーンや風の精霊オルーラなど、自然界の妖精が登場するように、この物語において自然の導きは重要な意味を持つ。特に昆虫の精霊ポテンティラはファンタスミオンの守護霊として寄り添い、魔法によって昆虫の力を授けることで王子の成長を導いていく。例えば、ポテンティラから蝶のように飛ぶ羽根を与えられた幼い王子は、有頂天となって空高く飛翔するが、鷲に羽根を破られて落下してしまい、自身を取り巻く自然の存在があることを知る（*P* 25-28）。さらに、蝿のように鏡の上や大理石の壁などどこでも歩ける足（*P* 30）、また、バッタのようにひと飛びでどこにでも行ける跳躍力などを経験して（*P* 38）、王子ファンタスミオンは自然界への知識を深め、故国パルムランドを超えた広い世界へと冒険の旅に誘われていく。

興味深いのは『ファンタスミオン』において、夢が主人公の意志が試される場となっている点であろう。S. T. コウルリッジの「老水夫行（"The Rime of the Ancient Mariner"）」や「クリスタベル（"Christabel"）」において夢は神の啓示と関わる識閾の場として描かれている。同様にサラも、夢に深い精神的意味を認めていたようだ。

さまざまな昆虫の力を借りて苦難を乗り越えてきたファンタ

スミオンにとって、最後の試練は、人間の姿を捨てて、ウスバカゲロウの幼虫に変体することで迎えられる。パルムランドを実効支配するために、母ザリアの遺体を奪って焼き払おうとするグランドレスの企みを知り、ファンタスミオンは苦悩する。すると、そこに精霊ポテンティラが現れ、母親の遺体を守るための秘策、“a plan fraught with toil, hazard, and even abasement”（*P* 240）を提案する。意を決してファンタスミオンはポテンティラの策を受け入れ、幼虫の姿となって地中に潜る。しかし、母親の棺を引き摺って地を這いながら、ついに力尽きて意識を失い、悪夢の中へと堕ちていく。

その夢の中では、母ザリアが大地の霊ヴァルホルガに息子の命を救ってほしいと懇願していた。母を慕い、ファンタスミオンはその傍に寄り添おうとする。しかし、彼が王女イアリンを守るという使命を思い出すと共に、ザリアの霊は青ざめて姿を消してしまう。母の姿を見失うと同時に、夢から覚めて人間の姿に戻った王子は、大地の霊ヴァルホルガから、母が死に至るまで、魔女が与えた秘薬による悪夢に惑わされていたと教えられる。

母の死、母への想いを振り切って、一人、地の底に残された王子は大地の霊の声に導かれ、さらなる地下へと降りていく。地底にはルビー、サファイヤ、水晶、エメラルドやダイヤモンドなど、花のように輝く宝石で彩られた渓谷が広がり、その奥に大地の霊ヴァルホルガが座していた。大地の霊が金銀や宝石を差し出したのに対して、ファンタスミオンは戦いの意志を新たにして、財宝の代わりに “sharp swords to pierce the impious hearts of my enemies”（*P* 247）を要求する。望みに応えてヴァルホルガは、王子に勝利を約束し、彼の軍隊が “glaciers on the bosom of the mountain”（*P* 247）のごとく、太陽の光で燦然と輝くように多くの真鍮と鉄を与える。大地の霊の加護を得て、ファンタスミオンは幼虫から勇敢な王の姿へと再生して、地上へと帰っていく。極点に達した太陽が注ぐ燦々とした光が、ダイヤモンドを施した兜や盾、胸板に照り返って輝きを増し、“icicles in the sunshine, though not to be melted by the hottest ray”（*P* 248）と語られるように、[8] 地上に現れたその姿は、神々しい光に満ちていた。

5. 結論――オックスフォード運動を超えて

「理性中心主義について」を始めとして、オックスフォード運動の保守主義に論戦を挑んだサラ・コウルリッジの論考は、いずれも父親 S. T. コウルリッジの著作の補遺や序文として発表された。[9] サラの没後、次兄ダーウェントは彼女の知的探究心の深さと先進性に敬意を抱きつつも、その大部な論考を削除して父親の著作を再版する。その理由の一つとして、彼女の宗教観がオックスフォード運動を含む伝統的な高教会派（ハイ・チャーチ）とも、また福音主義をはじめとする低教会派（ロー・チャーチ）の信仰とも相入れるところが少なく、むしろ急進的なリベラリズムとして危険視されることへの懸念があったらしい（Barbeau 126）。しかし、ニューマンがローマカトリック教会へ改宗したことを契機にオックスフォード運動は収束し、神学作家ジュリアス・チャールズ・ヘア（Julius Charles Hare, 1795-1855）やキリスト教社会主義を唱えた F. D. モーリス（Frederick Denison Maurice, 1805-1872）を始めとして、既存の教会秩序を再構築しようとする広教会（ブロード・チャーチ）の運動が盛んとなる。ヘアもモーリスもS. T. コウルリッジによる英国ロマン主義思想の影響を汲んだ神学者であり、またサラが深い信頼を寄せた友人でもあった。もし広教会（ブロード・チャーチ）運動の「父」をS. T. コウルリッジに見出すならば、サラはその「母」であったと言えるのかもしれない（Barbeau 165）。

サラが次世代に繋いだ伝統はそれだけではない。彼女が『ファンタスミオン』において構築した妖精物語の世界観は、スコットランドの作家ジョージ・マクドナルド（George Macdonald, 1824-1905）によって踏襲されて、ファンタジー小説の先駆的作品『ファンタステス（*Phantastes*）』（1858）を生む。異世界への旅、自然の精霊による導き、死の苦しみと再生、想像力と夢、また、豊かな自然描写と物語を紡ぐ数々の詩文という主題と構成、そのいずれにおいても『ファンタステス』は『ファンタスミオン』の世界観を引き継いでいる。マクドナルドの小説は20世紀半ばになってオックスフォードの文学者たちによって再評価されるようになる。W. H. オーデン（W. H. Auden, 1907-1973）は「夢の文学」（236）として紹介し、C. S. ルイスは「私の想像力を回心させ、洗礼さえした」（マクドナルド 18）として、『ファンタステス』を自身の小説の原点に据えた。しかし、そのファンタジー小説の系譜において、英国ロマン主義と繋がる結束点として、サラ・コウルリッジという、父を敬い、子を愛し、意志の自由を信じた一人の女性がいたことを忘れてはならないだろう。

注

1：『良い子のための小さい詩の授業』を除いて、1738 年から 1748 年にかけて牧師の妻であったジェーン・ジョンソンという女性による、彼女の子供たちを主人公とした物語や絵札を手作りした教材が現存しているという（Ruwe, *British Children's Poetry* 141）。

2：現在の聖ジョージ大聖堂（St. George Cathedral）。クリスティーナ・ロセッティ（Christina Georgina Rossetti, 1830-1894）やその兄ダンテ・ガブリエル・ロセッティ（Dante Gabriel Rossetti, 1828-1882）との関わりが深い教会でもある。

3：Samuel Taylor Coleridge, *Lay Sermons* 62. 以下 *LS* と記す。

4：Schofield 57-58.「理性中心主義について」［以下 "OR"］からの引用はこの版による。

5：サラは信仰への優れた手引きとして評判を得ていたアン・フレーザー・タイトラー（Ann Fraser-Tytler）の『メアリとフロレンス、あるいは、しっかりさんとお茶目さん（*Mary and Florence, or Grave and Gay*）』（1835）に触れて、教義問答を平易な子供向けの物語に簡略化することへの不満を述べて、自身の子供たちには勧めたくないと退けている（Swaab 9）。

6：Sara Coleridge, *Phantasmion* 17.『ファンタスミオン』［以下 *P*］からの引用はこの版による。

7：『ファンタスミオン』は、長兄ハートリーが子供時代に空想した「ジャグフォルシア（Jagforcia）」の物語世界に触発されたものであり、サラ・コウルリッジ自身が描いた作品舞台の地図には湖水地方の地形との類似が見られるという（Ruwe, "*Phantasmion*, or the Confessions of a Female Opium Eater" 285-87）。

8：太陽に照らされる氷柱のイメージには、S. T. コウルリッジの「深夜の霜（"Frost at Midnight"）」を締め括る月明かりに照らされた氷柱のイメージ、"if the secret ministry of frost / Shall hang them up in silent icicles, / Quietly shining to the quiet Moon"（*Poetical Works*, lines 72-74）との呼応が考えられる。また、「生命論（"Theory of Life"）」において、窓についた霜の形状に神に

よる創造の予表を見出し、“the principle of individuation”（508-10）という生命の法則について論じているが、そこにファンタスミオンの成長物語との類比を読み取ることは可能かもしれない。

9：サラは、1847年に『文学自叙伝』に序文を添えて再版し、1848年には「新たな再生論からの抜粋（“Extracts of a New Treatise on Regeneration”）」を補遺に加えて『省察への助け』を増補改訂している。また、未完の宗教論としては『再生（*Regeneration*）』や『再生についての対話（*Regeneration Dialogues*）』が残されている。

第二章　〈お伽噺〉の時代のアリス物語
――日本初期の『アリス』翻訳と明治の児童文学

屋木　瑞穂

1. 序文

日本の児童文学が〈お伽噺〉と呼ばれた明治後半期にルイス・キャロル（Lewis Carrol, 1832-1898）の2つのアリス物語が紹介される。[1]日本に入ってきたのは『鏡の国のアリス（*Through the Looking-Glass and What Alice Found There*）』（1871）の方が先で、1899（明治32）年、「鏡世界」という題名で長谷川天渓の翻案が連載された。[2]『不思議の国のアリス（*Alice's Adventures in Wonderland*）』（1865）が紹介されたのはその9年後、1908（明治41）年に『少女の友』に「黄金の鍵」と「トランプ国の女王」、「海の学校」と題された須磨子（永代静雄）による部分抄訳が掲載された。

初期の『アリス』翻訳については、ヴィクトリア時代と明治日本における女性や子どもの社会的背景、教育や道徳との関わりから検証する研究[3]や、原作の言葉遊びの翻訳技法やアリス像と日本の良妻賢母教育との関わりの観点から考察した研究[4]、ノンセンス文学受容の観点から分析した論考[5]など多くの研究がなされてきた。しかしながら、同時代の日本の児童文学との関わりの観点からは十分検討されていない。そこで、本稿では、2つのアリス物語の日本における最初の紹介といわれる翻案を取り上げ、教訓性を脱した最初の英米児童文学として著名な、ノンセンスな言葉遊びに彩られたヴィクトリア時代のファンタジーをどのように〈お伽噺〉時代の日本の子ども向け読み物の言語文化の中に移入し、どのような意義をもったのかについて明らかにする。特に、同時代の〈お伽噺〉や少女向け物語に描かれた少女像との比較、当時の〈お伽噺〉における「空想」の意義をめぐる議論との関わり、少女の冒険の描写の観点から解明することを目的とする。

2. 本邦初訳の『鏡の国のアリス』——長谷川天渓の「鏡世界」

日本でルイス・キャロルのアリス物語が最初に翻訳されて発表されたのは、1899（明治32）年4月の『少年世界』誌上であった。『少年世界』（博文館）は、近代的な〈お伽噺〉のジャンルを確立した巖谷小波を主筆として創刊された明治期を代表する児童雑誌である。『鏡の国のアリス』の初訳である長谷川天渓「鏡世界」は、「西洋お伽噺」と銘打って、明治32年4月から12月にかけて『少年世界』第5巻9号から26号まで全8回に分けて掲載された。[6]『少年世界』の各号に掲載された翻訳と原作の各章の名称の対応は以下の通りである。

1. 第5巻9号（明治32年4月）
   第1回「鏡の家」＝原作（以下同じ）第Ⅰ章：Looking-Glass House

2. 第5巻11号（明治32年5月）
第2回「庭園」＝第Ⅱ章：The Garden of Live Flowers
3. 第5巻14号（明治32年7月）
第3回「鏡世界の蟲」＝第Ⅲ章：Looking-Glass Insects 前半
4. 第5巻17号（明治32年8月）
第3回「鏡世界の蟲（つゞき）」＝第Ⅲ章後半
第4回「太郎吉と次郎吉」＝第Ⅳ章：Tweedledum and Tweedledee 前半
5. 第5巻20号（明治32年9月）
第5回「海馬と大工の歌」＝第Ⅳ章後半・第Ⅴ章：Wool and Water 前半
6. 第5巻23号（明治32年11月）
第6回「無題」＝第Ⅴ章後半・第Ⅵ章：Humpty Dumpty 前半
7. 第5巻24号（明治32年11月）
第7回「無題」＝第Ⅵ章後半・第Ⅶ章：The Lion and the Unicorn 前半
8. 第5巻26号（明治32年12月）
第8回「無題」＝第Ⅶ章後半

原作の『鏡の国のアリス』は、アリスが子猫と遊ぶうちに鏡の中へ入り込み、巨大なチェス盤のような世界を舞台に歩兵（ポーン）の駒となって冒険を繰り広げ、最後には女王となり、夢から覚めて現実に戻るという物語である。長谷川訳の「鏡世界」では、主人公アリスは「美（みい）ちゃん（美代）」となり、マザーグースの童謡をモチーフにした登場人物である双子のトウィードルダムとトウィードルディーは「太郎吉と次郎吉」、卵男のハンプティ・ダンプティは「権兵衛」に変更、チェス盤は「将棋」というように日本の名称や事物に置き換えられている。

原作では鏡の国の冒険は、冒頭のアリスの想像がきっかけになる。アリスは、鏡の向こう側の世界を子猫相手に想像し、"Let's pretend"（122）とごっこ遊びを始める。鏡の家の想像話をするうちに , "how nice it would be if we could only get through into Looking-glass House!"（125）と願うと、鏡が銀のもやのように溶けて、アリスは鏡を通り抜けた。アリスは、"if I don't make haste, I shall have to go back through the Looking-glass, before I've seen what the rest of the house is like! "（132）というように、鏡に映らない死角がどうなっているか興味津々で探検に出かける。このようにアリスの冒険は、旺盛な好奇心から始まる。原作第 I 章と長谷川訳の第 1 回の内容はほぼ一致している。猫と戯れる美代が鏡の世界を想像して、「鏡の中へ入れたらば宜いだろうね」（210）と願うと、「鏡の硝子は段々と綿の様に」（210）なった。そこで、美代は鏡の中へ入り、積極的に探検を始める。

原作では、鏡の家に入ったアリスは、鏡文字で書かれた「ジャバーウォッキー」の詩を見つける。アリスは、"*somebody* killed *something*"（132）とまで読み解くがそれ以外は意味不明で、第Ⅵ章で出会うハンプティ・ダンプティに講釈を求め、キャロルが駆使した言葉遊び、2 つの意味を詰め込んで新しく創り出された「鞄語」について解説される。[7] 長谷川訳では、ナンセンス詩の代表といわれる「ジャバーウォッキー」の謎めいた「鞄語」を使った節には触れず、「ジヤツケルロツキー

ジヤツケルロツキー　ジヤン〜〜　ジヤツケルロツキー　荒波立てる　大海原を　風に漂ふ　木の葉の船に」（214）とだけは読めたとして途中で省略されている。美代は学校で習う「唱歌」と捉え、「ジヤツケルローといふ児が、ジヤブジヤブといふ恐ろしいお化を退治した」（214）という勇敢な少年の怪物退治譚として理解した。原作のハンプティ・ダンプティは魔法使いに改変され、第7回では「権兵衛」が美代を煮て喰おうとやかんの中に押し込もうとして突き戻され、火箸のかどで頭を打ってつぶれ、卵の正体を晒して消えるという展開へと改変されている。

原作第Ⅱ章では、花壇に植えられた花がアリスと会話を交わし、アリスは花の側の基準によって容姿を批評される。鬼百合は自慢の花びらの形から “If only her petals curled a little more, she'd be all right”（135）とアリスの見た目を評価する。長谷川訳では、花の視点から髪を花びらに見立てた原文の意図を解釈し、「頭の髪を少しかき上げると、少とは善くなるよ」（217）と訳している。

原作第Ⅲ章では、キャロルが既存の昆虫の名前にそれと共通項をもつ言葉を結びつけて創造した珍奇な “a Rocking-horse-fly”、“a Bread-and-butter-fly”、“a Snap-dragon-fly”（149-50）という昆虫たちを、大きな蚊がアリスに紹介する。長谷川訳では原作の昆虫の造語は省略されているが、大いなごが、馬に羽の生えたような「馬蠅」や「お団子に羽根の生いた様な蜻蛉」（229）、「頭は飴玉で、羽根はお煎餅、身体はカステラ」（229）の蝶など、日本の読者に馴染みのある比喩を使った奇妙な虫を紹介する。原作では、鏡の国の虫の紹介後、名無しだと便利だというユニークな論議を蚊が展開する。例えば、家庭教師が勉強に呼ぶ時、名前を呼ばなければ行く必要がないと言う。アリスが、家庭教師は名前の代わりに "Miss" と呼ぶから勉強を免れないと言うと、蚊は "Miss" としか言わなければ "you'd miss your lessons"（151）というように、Miss（お嬢さん）と miss（免れる）との同音異義語を使った駄洒落で返す。この蚊とのノンセンスな「名前」論議は、長谷川訳では人間に甥を殺された大いなごの恨み節に変更され、仇を討とうと「人間程意地の悪い奴は無い」（230）と言って美代に飛びかかるという展開になっている。

原作第Ⅳ章では、トウィードルダムとトウィードルディーが "*The Walrus and the Carpenter*" という牡蠣の子たちをだまして食べる大工とセイウチの詩を暗唱する。長谷川訳では、原文にない牡蠣の唄が挿入され、その中で人間を「人鬼」とくり返し呼ぶなど、他の生き物から見た人間の残酷さが強調されている。また原作では、赤の王はアリスの夢を見ているから目を覚ませばアリスは消えるというトウィードルダムとトウィードルディーの言葉に、アリスが "I *am* real !"（164）と泣き出す。自分が王の夢の中にいるとすれば、現実の自分の存在の否定になるからである。原作の結びでは、目覚めたアリスは子猫に向かって、"let's consider who it was that dreamed it all"（238）と夢を見たのは誰かを問いかけ、答えは "Which do *you* think it was ?"（239）と読者に委ねられる。一方長谷川訳では、太郎吉と次郎吉に「お前は王様の夢の中じや獣類」（238）だと言われ、アリスは「人間ですよ」（239）と泣きながら反論する。この冒険はアリスの夢なのか赤の王の夢なのかという原作の問いかけは、長谷川訳では人間と異世界の生き物の逆転のモティーフに変わっている。

「鏡世界」では原作の後半の5つの章（Ⅷ：It's my own Invention、Ⅸ：Queen Alice、Ⅹ：Shaking、Ⅺ：Waking、Ⅻ：Which dreamed it ?）を省略して、第Ⅶ章：The Lion and the Unicornの後半部を独自に改変、加筆している。原作の第Ⅶ章では、アリスは伝説の怪物ユニコーンと出会う。この章は、ユニコーンとライオンが王冠をかけて戦うというマザーグースの詩にそって展開するが、ユニコーンとの問答で、アリスは"fabulous monster"（201）と呼ばれる。ユニコーンの側から見れば、アリスはお伽噺の世界の住人で、住む世界が違えば伝説の怪物であり、ユニコーンとアリスの視点が逆転する。ユニコーンはアリスをお伽噺の怪物扱いするが、アリスはたじろがず、"if you'll believe in me, I'll believe in you. Is that a bargain?"（200）と提案され、互いにその存在を信じ合うことで合意する。一方長谷川訳では、伝説のユニコーンは犀に変わり、「お前は人間だと、では化物だな」（255）と言われ、美代は「四ツ足の癖に、生意気な」（255）と言い返す。長谷川訳では、ユニコーンを実在の動物に変更したために、伝説の怪物ユニコーンとアリスが互いの存在を認め合うという論理を駆使した会話の面白さが消えた一方で、人間と動物の対立関係が前面に出ている。

その後、巨大なチェス盤を舞台にした原作の第Ⅷ章からⅫ章では、最初は歩兵（ポーン）の駒にすぎないアリスが最後に女王になる。一方チェスを日本の読者に理解しやすい将棋に置き換えた長谷川訳では、この行程が削除され改変されている。しかし、駒のように碁盤の目に則って進むことで女王を目指すという原作のモティーフは訳文でも反映されている。原作第Ⅱ章でチェス盤のような光景を見たアリスが、“I wouldn't mind being a Pawn, if only I might join–though of course I should *like* to be a Queen, best”(140)と控え目に願う一方で、美代は「将棋盤」のような光景を眺めて、「女王様になりたい」(221)という強い願いを言い放つ。原作の赤の女王が盤上での動き方を説明する台詞が、次のようにかなり原文に忠実に訳されている。

> 「お前は地面の碁盤割を見やつたらう、そこで斯様に二つだけ汽車で行つて、三番目の地面に出るよ、それから直に四番目で、其処には太郎吉に次郎吉が居るよ、それから五番目は大概は水で、六番目には権兵衛が居るよ……(略)……七番目は森で、其処には侍士が居てお前に道を教へてやる、それから八番目に行くとお前が女王様になるんだよ」(223)

ただし、前述のように長谷川訳では女王に上り詰めるという結末はない。美代は七番目の森で「侍士」に会う前に、王の使者の「一助と二吉」に追われて鬼の住処に迷い込むという展開になる。美代は鬼に捕えられ、鏡のように光る池に投げ込まれて目が覚め、「長い夢、早く母ちやんにお話しませう」(258)と結ばれる。一方原作の結末部では、女王アリスの戴冠を祝う宴会が大混乱に陥り、アリスが騒ぎの張本人の赤の女王を捕まえて揺さぶると、子猫キティに戻り夢が覚める。

以上のように、長谷川訳「鏡世界」は、主人公の少女が不思議な鏡の世界を探訪し、異世界の動植物や奇妙な生き物たちの不条理な言動に当惑し、試練に遭遇しながら旅する冒険物語として構成されている。少女を冒険へ導くのは、未知の異世界への旺盛な好奇心と女王になりたいという夢である。

川戸道昭は長谷川の翻案について、キャロル文学のノンセンスの意味が理解できなかったとし、「〈統合〉して話の道筋をつける方向」に進んだために「普通のおとぎ話」になってしまったと述べている。また、「ジャバーウォッキー」の詩の誤訳に言及し、「物語の背後に存在する数々の言語的、文学的遊戯については、最後まで意味を見出せずじまいであった」と述べている。[8] しかし、長谷川訳には原作の言葉遊びを反映させた翻訳の工夫が見られる。例えば、原作第V章では、アリスに指の痛みを尋ねられた白の女王の言葉が、“Much be-etter! Be-e-e-etter! Be-e-ehh!”（174）というように羊の鳴き声になり、女王は羊に変身する。この言葉遊びを使った女王の言葉を、訳者は「痛くないよ、もう好(よ)い、——好(よ)——い、むい——」（244）と、羊の鳴き声と似た音をもつ言葉を使った駄洒落を工夫して訳している。

確かに、長谷川訳「鏡世界」では、ヴィクトリア社会の意味や秩序を転倒させたノンセンス・ファンタジーとしてのキャロル文学を構築する言葉遊びやパロディの多くが省略され、大胆な改変や加筆が行われている。しかし、それは単に原作のノンセンス性の無理解によるものと片付けることはできない。高橋康也によると、「ノンセンス」は、《意味(センス)を無化する方法》のことであり、「既成の日常的な《センス》に衝撃を与えつつものや言葉に対する新鮮な眼差しを取り戻させるところに、その本来の働きがある」という（15-16）。長谷川訳「鏡世界」では、主人公の少女が現実の秩序をひっくり返した鏡の世界を探訪し、奇妙な動植物や架空の生き物の視点から見た「化物」扱いに困惑し、人間中心主義が相対化され、日常的秩序が揺さぶられるのを体験する。原作の鏡の国では、前後左右だけでなく、時間や因果の法則が反転される。[9] 長谷川訳では、反転の世界としての鏡の世界を強調して、「普通(あたりまへ)と反対(あべこべ)にすれば好い」(220)という原文にない加筆が見られる。例えば、原作ではトウィードルダムとトウィードルディーの家への2つの標識は同じ方角を指すが、長谷川訳では逆になっていたり、「お尻を向けてお辞儀」(233)するように現実と反対の作法を求められたりする。「鏡世界」では、実像と鏡像があべこべの関係にあるように、人間から見た動植物や奇妙な生き物と他方から見た人間の逆転関係に戸惑い、人間批判に翻弄され、怪物に脅かされながら旅する少女の冒険譚として構成されている。

次節では、「鏡世界」が「西洋お伽噺」と銘打って発表されたことに注目し、『少年世界』に掲載された長谷川天渓の他のお伽噺との比較を通して「鏡世界」の特徴を明らかにしたい。

3. 〈お伽噺〉としての「鏡世界」

明治27年、巌谷小波が『幼年雑誌』(博文館)に「おとぎ話」欄を設けて以降、昔噺を含む伝説説話の再話とともに創作お伽噺を主唱し、児童文学を指す呼称として〈お伽噺〉の用語を定着させた。[10] 明治28年創刊の『少年世界』主宰者の巌谷小波は、毎号巻頭に「お伽噺」と銘打つ作品を掲載し、読者の強い支持を得ていた。従来の指摘によれば、〈お伽噺〉とは、「人間以外の動植物や事物が、自由に人間と同じように振る舞う非現実的な物語」のことである。[11] 当時博文館で『少年世界』の編集を担当した木村小舟は、長谷川天渓の「鏡世界」を「長篇の西洋お伽噺」として捉え、「鏡世界の蟲」の一節を紹介しながら、「不思議議なる人物、禽獣、昆蟲等を始め、或は怪獣、海魚の類が次々に出現して変幻奇怪を極め」、「お伽噺の特色を発揮」し、読者を「怪奇の三昧境に没入」させて「メルヘンの真髄を体得」させたと評価している（247-48）。

キャロルの原作には、擬人化された多くの動植物や奇妙な生き物が登場し、互いに言葉を交わし、アリスとも会話する。また、奇想天外な人物や超自然的な怪物も現れ、不思議な生き物たちの躍動が幻想的な作品世界の魅力を高めている。「西洋お伽噺」という副題が示唆するように、長谷川は当時の〈お伽噺〉というジャンルの特徴に合致する作品として『鏡の国のアリス』を翻訳し、読者の心を掴んだと推察される。

「鏡世界」に先行して、長谷川天渓は『少年世界』第4巻15号（明治31年7月）から第4巻25号（明治31年11月）にかけて「お伽小説」と銘打つ「人魚」という作品を連載している。「人魚」は、人魚の「真珠姫」と兄妹の出会いから始まり、人魚からアザラシの皮を借りて海底探検に赴く少年の冒険譚が中心になる。少年主人公は海底の異世界で、「蟹仙人」などの不思議な生物や奇妙な「小鬼」に出会い、怪物がいる「魔物谷」などで困難や試練に直面する。物語の後半、兄を心配して「真珠姫」とともに海底へ赴く妹の冒険譚が描かれる。2つの冒険は最終回で合流し、実は兄が「人魚の国」の王子であったことが判明して大団円となる。

〈お伽噺〉としての「鏡世界」と「人魚」の共通の特質については、すでに詳細な考察があり、両作品は共に「見知らぬ世界を知的好奇心をもって『探検』する喜びや驚きを描いて」おり、そこでは「生き物達による人間社会に対する批判」が展開され、「人間世界についての批判的な反省を余儀なくされる」点が指摘されている。[12]「人魚」は、知的探求心から海底探検に赴く少年の冒険譚が主軸となるが、「鏡世界」に先駆けて少女の冒険譚が挿入されている。両作品を比較する上で特に注目したいのは、少女の冒険の描き方である。目黒強は、『少年世界』に掲載された〈お伽小説〉を検討し「少女が冒険する作品はほとんど認められない」と述べ、「人魚」における少女の冒険は「婦徳の範囲内でのみ許されていた」と指摘している(155)。「人魚」に描かれた少女は、「真珠姫」に促されて兄の行方を探しにやむなく冒険をするのであり、主人公の少年のように未知の世界への好奇心からではない。当時の「お伽小説」と比べて「鏡世界」が異色を放つ点は、少女を主人公とした異世界冒険物語であり、旺盛な好奇心をもって自ら未知の世界に飛び込み、女王になるという夢を見て果敢に旅する姿が描かれていることである。

4. 『少年世界』掲載少女向け物語との比較

長谷川天渓の「鏡世界」には、「当時の封建的な時代思潮、子どもの教育や女性の行動に対する因習的な考えが、色濃く映し出されている」という指摘がある。[13] 本節では、同時代の児童雑誌における少女向け物語に描かれた少女像との比較を通して、「鏡世界」に描かれた少女像の特徴を明らかにしたい。

「鏡世界」が掲載された『少年世界』は、第1巻18号(明治28年9月)に本邦初の「少女欄」を創設し、3巻目以降は「少女欄」の代わりに「少女お伽噺」などの呼称を付して少女向け物語を数多く掲載した。『少年世界』の「少女欄」開設1回目に掲載されたのは、バーネットの『小公子（*Little Lord Fauntleroy*）』（1886）の翻訳者として著名な若松しづ子の「着物の生る木」である。同作品は、「裁縫」の苦労から解放されたいと願った少女が、奇妙な老人に誘われて「指貫」を親指に嵌めて呪文を唱え、服飾品が畑に生る不思議な国を探訪するという非現実的な要素をもつ作品である。しかし、土産をもって帰宅しようとすると、「おつかさんに断りもしないでこゝへ来る人は、家へ帰さねへといふのが此国の規則だ」（24）と言われ、少女は反省して、呪文を唱えて家に戻るという教訓話である。

「鏡世界」と「着物の生る木」は、少女の異世界探訪物語という点で共通性をもつが、特に注目したいのは、「母の許諾」を得ない外出の戒めという教訓である。「鏡世界」第1回では、鏡の家に入った美代が、「余り晩くなつては、お母様に叱られますから、早く見物して帰らう」（214-15）と、原文にない言葉を言う。また、原作のアリスは、トウィードルダムとトウィードルディーに “which is the best way out of this wood: it's getting so dark”（156）と尋ねるが、一方「鏡世界」では、「日が暮さうになりましたから、早く森の道を聞かして頂戴な、余り晩くなると母ちやんに叱られますから」（233）と訳されている。無断で外出した美代が、帰宅が遅くなると母に叱られると心配する言葉には、日本の少女が守るべき規範が見て取れる。

『少年世界』の「少女欄」に掲載された物語について、その大半が「教訓物語」であり、「最も多いのが外出に関わる教訓話」であるという指摘がある。[14] 確かに、無断外出した娘が外出先で危険な目に遭う話が多く掲載されている。例えば、尾上新兵衛「鞠と蝶々」（同誌第 9 号、明治 29 年 5 月）は、擬人化された主人公の手毬が、蝶に誘われて持ち主に黙って野辺に出て、夢中になって飛び跳ねるうちに小川に落ちて外出を後悔する話である。また、擬人化された鯛の娘が親に無断で「お姫様の館」へ行って遊びに没頭し、そこで禁じられた「旨味しい物」を食べてしまい漁師に釣られるという、浦島太郎のようなお伽噺の要素をもつ異界訪問譚（新田静湾「鯛ちゃん」同誌第 15 号、明治 29 年 8 月）も見られる。さらに、北田薄氷「達摩さん」（同誌 20 号、明治 29 年 11 月）では、親の止めるのをきかずに外に出て遊んだ少女が池に落ちて足が不自由になる。結末は、「柔順しく」して、「悪戯は決して為さるもんではありませんよ」（30）という教訓で結ばれる。

当時の〈お伽噺〉の代表的作家である巌谷小波が創作した少女向けの「かなりや姫」（同誌第 19-20 号、明治 29 年 10-11 月）では、古城へ兄妹が「見物」に出かけ、妹が花園を駆け回るうちに迷子になり、魔法使いの老婆にカナリヤにされてしまう。兄が「魔除の桃」を老婆に食わせて妹を救い出し、「二度と再び、其お城へは遊びに行きませんでしたとさ」（26）と結ばれる。魔物に捕まり危険な目に遭った少女は困難に立ち向かうことなく、勇敢に行動するのは少年である。

久米依子は、少女物語が示す「無許可外出への厳しい禁止」は、親の管理下にあるべき娘の「最大の逸脱――自己の意思決定による行動――を意味したからだ」と述べている（103）。当時の女子教育理念である良妻賢母教育に基づき、婦徳を説く話が主流の中で、「鏡世界」は自らの意思で「面白くない詰らない」（211）日常から抜け出す少女を描いている点で、当時の教訓的な少女物語とは一線を画す。原作のアリスは、鏡の国に入った時に “what fun it'll be, when they see me through the glass in here, and ca'n't get at me!”（125）と言うが、「鏡世界」の美代の「誰も叱る人もないわ、鏡の中なんだから、外から誰だつて来れるものか」（210）という言葉には、明治の良妻賢母教育の中で厳しく躾けられる少女が、非日常世界でつかの間の自由を得て抑圧から逃れる解放感が見て取れる。

また、美代には、温順で淑やかな当時の模範的な少女とは異質な言葉遣いも見られる。原作のアリスは、しゃべる花の庭で “I never saw anybody that looked stupider”（136）と言うスミレの辛辣な言葉に驚くばかりだが、訳文では、花から非難された美代は、「酷い事を言う奴、悪いから撲って」（219）やりましょうと苛立ちを前面に出す。当時の教訓的少女物語では、〈少女〉らしくない言動が批判されている。例えば、森愛軒「女権」（同誌 24 号、明治 28 年 12 月）では、男子生徒の「乱暴」な言動に憤りを覚えた少女が、「女生徒の理屈いふのがなまいきであるといふた日には、いつまでも日本の女は男の臀（あと）につひて行かんなければなりますまい」と嘆くが、「小さな娘の子がそんな理屈をいつては……」（22-23）と母に諭される。

一方で美代は、時には原作のアリス以上に大胆に自分の意思を表明する。先に引用したように原作のアリスが、女王になれたら最高だけど、参加できるなら歩兵（ポーン）でもいいと遠慮がちに願いを告げる一方で、美代は女王様になりたいという意思をはっきりと口に出す。

しかし、先述のように原作のアリスとは違い、女王になりたいという願いは実現されず、美代は恐ろしい鬼に捕まり危機に晒されて目を覚ますという結末になる。先に触れた長谷川天渓の少年向け「お伽小説」の「人魚」の少年主人公が、幾多の試練を乗り越えて海底の異世界の王子になるのとは対照的である。「鏡世界」における結末部の改変の背景として、チェスを将棋に置き換えたという理由のみならず、原作のアリスが冒険を経て鏡世界の女王になるという展開は、当時の日本の少女を主人公とした物語とは異質で、類型的な少女像の枠をはみ出すものとして、当時の訳者に映ったのではないかと考えられる。鬼に捕まり目が覚めるという結末に少女の枠をはみ出る危険な冒険をたしなめる教訓性を読み取ることもできよう。しかし、「鏡世界」に描かれた美代の驚異に満ちた冒険は、単に少女が日常世界を飛び出して禁忌を犯したために遭遇する受難の旅ではない。当時の『少年世界』に掲載された「お伽小説」や教訓的少女物語と比較すると、自ら望んで鏡の国へ入り、好奇心旺盛な探求心と女王になりたいという夢をもって果敢に冒険し、奇妙な生き物たちと臆することなく言葉を交わす日本のアリスである美代の姿には、当時の良妻賢母主義に基づく婦徳的な少女規範を逸脱するような先駆性が見出せるのである。

5.『不思議の国のアリス』の初訳――「空想」の力――

『不思議の国のアリス』が、日本で最初に紹介されたのは、明治 41 年 2 月創刊の『少女の友』（実業之日本社）に 3 月から 4 月にかけて掲載された「黄金の鍵」（創刊号）「トランプ国の女王」（1巻2号）「海の学校」（1巻3号）と題する須磨子の筆名による永代静雄の翻案である。[15] 最初の3回では、原作を取捨選択し、訳者が変更した内容やエピソードを追加して再構成している。

原作の冒頭では、白兎が懐中時計を手に急ぐ姿を見たアリスが、好奇心に燃えて（“burning with curiosity” 8）その後を追って穴に入り、地下の不思議の国を探検する。永代訳の初回「黄金の鍵」でも、「不思議だこと！兎の癖に洋服なんか着て、而して時計など持って」（2）と興味津々で兎を追いかけ、「面白半分に」（3）穴へ入るというように、アリスの冒険は好奇心から始まる。

原作のアリスは、“Drink me”（11）と書かれた瓶の中身を飲んで身体が小さくなり、ドアから美しい庭に入ろうとして、鍵を高いテーブルに置き忘れたことに気づき泣き出す。そんな自分自身を、アリスは “Come, there's no use in crying like that !”（12）と厳しく叱る。アリスは常に自分に良い忠告をし、時には自分を厳しく叱責するあまり、泣いてしまうほどである。一方永代訳では、「泣くなんて、そんな卑怯なことは仕まい」（9）と思い、涙を拭いたと訳されている。原作では、一人二役で自分を叱るアリスを “curious child”（12）と表現しているが、永代訳では「賢こいアリス」（9）と訳し、「困難な事に出会ふ度に、段々賢こくなつて、而して偉くなるんだもの」（9）というように、アリスが自分に言い聞かせる形で原文にない教訓が付されている。

その後、永代訳のアリスは「お菓子」を食べて大きくなり、「お茶碗」くらい大きな粒の涙を流す。兎の落とした扇子で仰ぐうちに「五寸」ばかりの子供になって自分が流した涙の池に落ちる。池から上がったアリスは兎と会い、「女中」と間違われて兎の家に扇子と手袋を取りにやられる。兎の家で瓶の中身を飲んで部屋一杯の大きさになったアリスが、「化物」と思われて家に火をかけられる。原作では、兎が投げた小石がお菓子に変わり、それを食べたアリスの身体が小さくなって逃げ出し、芋虫に出会う。身長の伸び縮みに戸惑い、芋虫から“Who are *you* ?”（38）と質問され“I'm not myself”（39）とアイデンティティを見失うアリスは、芋虫からキノコの食べ方で身長を調節する方法を教わり、身体の変化を制御できるようになる。一方、永代訳では芋虫の話は省略され、兎に家を焼かれたアリスが助けを求めて叫ぶと目が覚める。ポケットの中の「黄金の鍵」に気づき、アリスは「この鍵さへあれば、また何時でも彼処へ行ける。まア嬉しい事！」（21）と歓喜の声を上げる。原作のアリスは、兎の家で身体が大きくなった時、“It was much pleasanter at home”（31）と不思議の国へ来たことに後悔の念がよぎるが、“it's rather curious”（31）と積極的に冒険を続ける。永代訳のアリスも同様に、恐ろしい体験にひるまず、好奇心旺盛な冒険心に富んだ少女として造型されている。

2回目の「トランプ国の女王」（1巻2号）は、（上）（下）2篇からなり、（上）に原作第Ⅷ章：The Queen's Croquet-Groundの前半、（下）に原作第Ⅷ章後半と第Ⅻ章：Alice's Evidenceのエピソードが訳されている。（上）の冒頭では、アリスは「黄金の鍵」を出して、「立派な花園へ、どうかしてもう一度行きたい」（259）と願う。すると、アリスは不思議な世界の中にいた。木に付いた入口を「黄金の鍵」で開けると身体が小さくなり、アリスは憧れの花園に辿り着いた。原作第Ⅶ章後半では、おかしな茶会を逃れたアリスは、森の木のドアから入って再び兎穴の中の広間に戻り、黄金の鍵でドアを開け、キノコをかじって身長を縮めて美しい庭に入る。

一方永代の翻案では、原作第Ⅴ章：Advice from a Caterpillar から第Ⅶ章：A Mad Tea-Party を省略している。原作第Ⅰ章：Down the Rabbit-Hole の美しい庭へつづくドアを開ける黄金の鍵の話を、原作第Ⅷ章：The Queen's Croquet-Ground を翻案した「トランプ国の女王」へと結びつけ、花園でアリスは「首を斬れ！」（262）を連発するハートの女王に遭遇し、「黄金の鍵」を盗んだという罪状で裁判にかけられる。原作の第Ⅺ章が省かれたため、パイを盗んだ罪人となるハートのジャックや証人の帽子屋などは登場しない。「トランプ国の女王」（下）の裁判の場面では、「黄金の鍵」を舐めて大きくなったアリスが法廷に立たされる。王様が何か手帳に書き「勅令、第五十二条。一哩（まいる）より高き者は、何者にても此の宮を去るべし」（265）と読み上げると、アリスは「その規則は正しく有りません。たった今、書いたばかしぢゃありませんか」（265）と反論する。王は「一等古くからある規則」（265）だと言い返すが、アリスは、それなら「第一条」のはずだと論破する。二人の問答を聞いた女王は評決を促し、「黄金の鍵」を盗んだという罪状で、「アリスの首を斬れ！」（266）と宣告する。アリスは怒って、「お前達は、一体トランプのカルタぢゃ無いか」（266）と叫ぶと、カルタがアリスに飛び掛かる。物語の展開上第１回「黄金の鍵」とつなげるために、アリスの罪状が「黄金の鍵」の盗みに変更されているが、王や女王との会話はかなり原作に忠実に訳されており、常軌を逸したノンセンスな不思議の国の雰囲気を醸し出している。横暴な女王の理不尽な裁判に異議を唱えて、「誰がお前の云ふことを聞くものですか」（266）と権威に対抗し、正義を求めるアリスの冷静沈着で合理的な性格が伝わる。原作では、アリスの夢物語を聞いたお姉さんが“wonderful Adventures”（108）を追想するが、一方で永代訳では、「アリスは、起きて御飯を済まして学校へ行ってから、お友達にこの面白い御話をして聞かせました」（267）と結ばれる。

第3回「海の学校」（1巻3号）では、原作の第Ⅸ章：The Mock Turtle's Story と第Ⅹ章：The Lobster-Quadrille の一部を翻訳している。アリスが海岸でお弁当を食べながら、誰かお友達がいればよいと思うと、「魚の子供の別当」が届けに来た手紙で宮殿に招かれる。「グリフォン殿下」という「奇怪な動物」から「偽の海亀」を紹介され、「海の学校」の話を聞くことになる。そこで言葉遊びの宝庫といわれる原作第Ⅸ章における“tortoise”と“taught us”の同音異義語を利用した言葉遊びの翻訳を試みている。原作の偽の海亀の話では、先生は“an old Turtle（海亀）”だったが、生徒が“Tortoise（陸亀）”と呼んだのは“taught us”、つまり私たちに教えたからだという同音異形異義語を利用した駄洒落がみられる。永代訳では、「先生は年の老ったカムでした――私達はそれを亀先生といったのです」（271）というように、「カム」と「亀」という類似音を使った語呂合わせの工夫がみられる。しかし、「亀先生」と呼ぶ理由をアリスに聞かれた偽の海亀は、「亀といへって皆が教へたから」（271）と答えるだけで、原文の言葉遊びの面白みは伝わらない。第3回の最後は、グリフォン殿下と偽の海亀が「海老踊り」をしながら消えた後、「アリスは、素の海岸に座って居ました。お弁当の折が、膝の上にちゃんと有ります」（274）と結ばれる。このように第1回から第3回はアリスが夢から覚めるという結末で、各回読み切り型の異界往還物語になっている。

第4号（明治41年5月）に掲載された第4回「森の魔」以降、11ヶ月にわたって永代の創作した続編『アリス物語』を連載する。続編では、アリスは魔の森や底なし沼で不思議な恐ろしい体験をする。ある日、アリスが母親と暮らす貧しい家を老人と若者の旅人が訪れ、優しくもてなす。老人はお礼に「幸福の杖」を差し出し、自分を訪ねるように告げる。老人は「真珠国の王」で若者は王子であった。アリスは、冒険の旅を経て「真珠国」に辿り着く。後半は「真珠王」の宮殿が舞台となり、「大悪竜王」に鷗に変えられたアリスが人間になるために「貞操の宝」を求めて旅を続け、さまざまな試練を乗り越えて「真心と貞操と愛と忍耐」をもつ女性に成長し、真珠国の王子月麿の后となる物語である。

『少女の友』に連載された『不思議の国のアリス』の翻案は続編とともに、大正元年、『アリス物語』として紅葉堂から単行本出版される。[16] 永代静雄は「はしがき」の中で、「アリスは空想の子である。理屈を離れて空想の世界を飛行したところに、アリスの面目が躍つている」と述べている。[17] 永代は、『アリス』作品の真髄を「正しく、美くしい空想」と捉え、そこから「アリスの無邪気さと、同情と、快活と、熱心と、そして正義を求める心とが育くまれた」と述べている。永代によれば『不思議の国のアリス』とは、主人公の少女の「正しく、美くしい空想」から生まれた冒険物語であった。また、キャロルの

『アリスの奇界探検』の抄訳が「読者の歓迎を受けた」ため、「私の頭脳の中にいたアリス嬢を活動」させたとし、続編を「日英同盟合体のアリス」だと語っており、創作には訳者の解釈したアリス像が反映されているとみられる。

例えば、続編『アリス物語』において、アリスは「魔の大木」に行く手を塞がれて恐ろしい森に閉じ込められる。しかし、アリスは「賢こい女児なのですから、こんな時には泣いても仕方が無い」（63）と、自分の弱い心を叱る。これは、先に触れた原作第Ⅰ章で、困難に直面したアリスが自分を叱り冷静沈着に対処する場面をふまえているとみられる。永代は続編の中で、奇想天外な非日常の世界で次々と驚異を体験し、苦境に立たされて恐い体験をしても挫けず、さまざまな試練を乗り越えて精神的・道徳的に成長し「真珠国の女王」になるアリスの姿を描いている。

永代は、先に引用した「はしがき」の中で、「正しく、美くしい空想」の力を説いている。千森幹子は、原作第Ⅸ章：The Mock Turtle's Story の中で、グリフォンが、偽の海亀の嘆きは "It's all his fancy"（82）、つまり空想の産物だという台詞を、「あれは嘘です」（270）と訳す永代の翻訳に留意し、「『空想』と『嘘』を同一線上でとらえ、アリスの『空想』に『正しさ』や『正義を求める心』をつけくわえてもなんら不思議とは考えない態度は、教訓化を徹底的に粉砕しようとしたキャロルの精神と真っ向から対立する」と指摘する（194-95）。キャロルの原作は、「ヴィクトリア時代の大人の『常識』を不思議の国を舞台に誇張し、パロディ化し、茶化すことで覆し」、窮屈な道徳や教育の中で厳しく躾けられた子どもたちを抑圧的な規範から解放し、非日常の空想世界へと解き放つ物語であるというのが通説である（成瀬 22-23）。確かに、「空想」を道徳規範と結び付ける永代の姿勢は、キャロル原作の真髄と相容れないものがある。

しかし一方で、明治期におけるお伽噺の「空想」に対する認識を考慮する必要がある。当時の教育界にはお伽噺の空想を「嘘」として批判する見解があった。子どもに悪影響を及ぼすものとして危険視されてきた「空想」が、容易に価値あるものとは認められなかった。子どもの「空想」を助長するという「お伽噺」批判派の意見に対して、巌谷小波は「嘘の価値」（『婦人と子ども』第 6 巻 8 号、明治 39 年 8 月）において、「空想が何故悪いだらう（略）空想がやがて理想となり、果は実行を促す基となる」（15）と「空想」の価値を主張している。永代は「はしがき」の中で、「事実を歴史の父とすれば、空想はその歴史を生む母である」として「空想の力」を説き、「アリスを学んで、さうした空想的気分を養はれるやうにお勧めしたい」と述べているが、これは「お伽噺」批判に対する巌谷小波の主張をふまえたものと考えられる。永代が、徳育や美育の観点から「正しく、美くしい空想」の価値を訴える背景には、お伽噺の「空想」を「嘘」と糾弾し、空想物語を排除しようとする批判があったことを視野に入れる必要がある。[18]

『少女の友』に掲載された永代の最初の 3 回の翻訳は、原作の興味深いエピソードを抜粋し、訳者が変更した内容やエピソードを追加し、再構成した翻案に近いものである。第 1 回では、原作第 I 章の “Down the Rabbit-Hole” というタイトルを「黄金の鍵」と訳していることが示唆するように、美しい庭への扉を開く「黄金の鍵」は、永代の翻案の中で重要な位置を占めている。永代訳では、不思議の国の美しい花園の描写がくり返し見られ、アリスの花園への憧れが強調されている。「黄金の鍵」では原作の第Ⅰ章、及び第Ⅱ章：The pool of tears と第Ⅳ章：The Rabbit sends in a little Bill の一部を抄訳している。原作第Ⅳ章のアリスが再び兎に出会う場面では、原作にはない花園の描写が永代訳に見られ、「此処は美しい花園でした。そしてこれまでに見たことのない草花や、羽の小さい蝶々や、黄金色の蜂や、見る物、聞く物、珍らしくて、美しい物ばかりです。只々、小さい天国の様に思はれます」（17）と述べている。第1回の結末部で夢から覚めたアリスは、ポケットの中の「黄金の鍵」に気づき、「この鍵さへあれば、また何時でも彼処へ行ける」（21）と歓喜する。「黄金の鍵」の発見は現実ではあり得ないことであり、永代訳ではアリスの冒険が夢なのか空想なのか曖昧にぼかされている。「黄金の鍵」は、アリスが非日常的な空想世界へと越境するための重要な機能を果たしている。第2回「トランプ国の女王」の冒頭では、「黄金の鍵」を取り出したアリスが、花園へ行きたいと願うと不思議の国へ入り、やっと「美事な花園」（259）に辿りつく。原作では、アリスが憧れの美しい庭に入った場面を "she found herself at last in the beautiful garden, among the bright flower-beds and the cool fountains"（66）と簡潔に描写しているが、永代訳では、「香水の様な花の匂いが、ピアノの様な小川の音楽と一つになって、身も心も、その中に溶けて終ひそうです」（259-60）と原作以上に理想化して美しい世界に感動するアリスの心情を強調している。永代訳のアリスは、「黄金の鍵」を盗んだ罪を着せられ、横暴な女王の不条理な判決に異議を唱える場面を原作にかなり忠実に訳しており、永代が『アリス物語』の「はしがき」の中でいうアリスの「正義を求める心」を反映する場面として捉えていると考えられる。

永代の翻案が、美的世界への憧れや道徳心を育み、情操を豊かにし人間性の向上を図ろうとする教育的意図を孕んでいることは否めないが、当時肯定的に評価されなかった「空想の力」に積極的意義を付与し、少女の読者に現実を離れて空想の世界に遊ぶことの楽しさを提供した点において、同時代的意義があったといえよう。

6. 少女と冒険

1899(明治32)年に高等女学校令が公布されたことに伴う女学生数の増加とともに、明治35年4月創刊の『少女界』を皮切りに、明治39年9月には『少女世界』、明治41年2月に『不思議の国のアリス』の抄訳が創刊号を飾った『少女の友』など、少女雑誌が続々と刊行された。明治期を代表する少女雑誌である『少女世界』(博文館)には「少女向け冒険小説」が掲載されるようになる。日本の児童文学において〈冒険〉の物語は、博文館が発展させたジャンルといわれ、少年読者の圧倒的な人気を集めていた。冒険小説で人気を博した押川春浪は、「少女冒険譚」(『少女世界』第1巻第2-4号、明治39年10-12月)の冒頭で、「少女に関する冒険譚」(66)を依頼されて「閉口」したと述べている。「元来女は温和(おとな)しいのが天性で、好んで冒険などをすべきものでは無い、余り飛んだり跳ねたりすると、お転婆などゝ云ふ可笑(おかし)な綽名を頂戴する」、「好んで冒険をする必要は無いが、いざと云ふ場合には、戦争でも冒険でもする丈けの勇気を持って居つて貰ひたい」(66-67)と述べ、「少女の模範」になる「冒険譚」として物語を語り始める。「少女冒険譚」は、12歳の少女が船長の父とともに遭難し漂着した「野蛮島」で、先住民に捕われた父と水夫長を救う話である。主人公の少女は「温順」な性質だが、「危難」に遭った際には「男子にも勝る気象を備へ」(70)ている。父を救うために危険を冒すが、実際に「野蛮人」を退治するのは水夫たちであり、「沈着な冒険」(71)が強調されている。従来の指摘によれば、少女冒険小説は、「非日常設定の〈やむをえない冒険〉」という形式を採り、「少年向け冒険小説のように、自ら志願した冒険を経て英雄になるという上昇・出世物語」と異なり、「『温和しい』という少女の規範から逸脱」しないように配慮していたという(久米157)。

『少女世界』6巻13号から7巻7号に掲載されて好評を博し、大正元年9月に単行本化された『人形の奇遇：少年少女冒険小説』(武侠世界社)の序文で、押川春浪は主人公の少女の冒険について、「決して好奇(ものずき)に冒険をしたのではありませんが、不思議なる運命の手に捕へられ、世にも不思議なる様々の境遇を経」たとし、「無謀な冒険をやつて見たいなどゝお考へになつたら大変ですよ」(2)と忠告している。主人公は、邸宅に押し入った貧しい強盗に同情し、病気の娘のために「宝物」の人形を与えるほどの「心の清く慈悲深き」(156)少女として描かれている。その後少女は「鬼船長」に誘拐されるが「沈着」に対処し、改心して貿易船の船長となったかつての強盗に救出されるという話で、少女の冒険は数奇な運命に翻弄された受難の旅として描かれている。目黒強は、『少女世界』に掲載された「冒険小説」における少女の造型を分析し、やむなく危険を冒す「冒険少女」が多く、「『沈着』、『博愛』などの嗜みや婦徳が付与され、良妻賢母規範からの逸脱が制御されていた」と指摘している（214-15）。このように、当時の少女向け「冒険小説」では、少女が自発的に冒険することに積極的な意義が付与されなかった。

明治前半期における Adventure の訳語としての「冒険」概念の導入については、すでに詳細な検討があり、元来「偶然や危険、投機」といった意味が含まれていたという指摘がある。[19] 一方、『不思議の国のアリス』の原題にある “adventures” は、「珍しい出来事」「思いがけない出来事、体験」の意味で使用されていると指摘されている。[20] 宮垣弘は「思いがけない出来事に、自ら身を投じる」という「能動的行為」を “Adventure” と捉え、物語全編を通して好奇心を発揮し、最後法廷の場で大きくなる時以外は、アリスの行動が能動的な意志で行われていることに注目している（74-75）。

永代の翻案では、アリスは無邪気な好奇心から奇妙な兎を追いかけて危険を顧みず穴に入り、非日常な世界で予期せぬ不思議な出来事や奇想天外な生き物や住人と遭遇し、さまざまな驚異を体験する。恐ろしい体験をして夢から覚めた後も、ポケットの中に「黄金の鍵」を見つけ、美しい花園へ行きたいという憧れから、再び異世界に入って積極的に冒険を続ける。そこでの冒険は、降りかかる試練や困難に翻弄される受難の旅というよりはむしろ、永代訳の中でアリス自身が「面白かった」（259）

と述べているように、思いがけない珍事にたじろがず、未知なる別世界へ自ら望んで入り好奇心に駆られて探検するというわくわくする驚異の旅であった。

原作では、異世界で出会うものや出来事に対してアリスが不思議だと思う気持ちを表す “queer”、“odd”、“strange”、“curious” などの語の中で、好奇心の強さを示す “curious” が最も多くみられ、見知らぬことに対して積極的に関わろうとする意識が強くある場合に使われているという指摘がある。[21] 永代訳も同様に、旺盛な好奇心はアリスの性格の重要な要素となっており、アリスの夢物語の中の冒険は、当時の読者にとって異質に映ったと考えられる。

当時の少女向け冒険譚との比較を通してアリスの冒険の描かれ方に着目することにより、『不思議の国のアリス』の最初の翻案が、訳者の意図を超えて良妻賢母規範から逸脱する潜在性を孕んでいたことが鮮明に見えてくる。少女読者が日常世界を脱して「空想」の翼を広げて飛翔し、アリスの夢物語の中の好奇心に満ちた冒険を通して未知の世界への興味に引かれ、物珍しい事物や異世界の住人との出会いがもたらす驚異を楽しむ機会を提供した作品として評価することができよう。

7. 結論

本論では、ルイス・キャロルの 2 つのアリス物語の日本で最初の紹介といわれる長谷川天渓の「鏡世界」と永代静雄の『アリス物語』の翻案の意義について、原作との比較や同時期の児童文学との関わりを通して明らかにした。

「鏡世界」の訳者は、非現実的な世界で擬人化された動植物や不思議な生き物が躍動する『鏡の国のアリス』を当時の〈お伽噺〉ジャンルに合う作品として受容した。従来、ヴィクトリア朝の秩序や社会規範を転倒させたキャロル文学の「ノンセンス」が理解できていなかったという否定的評価がなされてきた。しかし、原作と詳細に比較すると、「鏡世界」では逆転の世界としての鏡の国を強調し、主人公の少女が異世界の生き物から見た人間批判に困惑し、日常の秩序が反転するのを体験する姿を通して、原作の「ノンセンス」的な要素を反映していると見ることができる。また、同時期のお伽小説や教訓的少女物語に描かれた少女像と比較すると、旺盛な好奇心に駆られて自ら未知の世界に入り果敢に旅する日本のアリスである主人公の少女の姿には、当時の良妻賢母主義に基づく婦徳的な少女規範を逸脱するような先駆性が見出せる。

さらに、『不思議の国のアリス』の最初の紹介である永代静雄の『アリス物語』の翻案部分を原作と比較すると、訳者が「はしがき」の中でいう「正しく、美くしい空想」から生まれた物語として、異世界の花園への扉を開ける「黄金の鍵」をモティーフに再構成していることが読み取れる。訳者はアリスの美しい花園への憧れを原作以上に強調し、「トランプ国の女王」の理不尽な裁判に異議を唱える場面を原文に忠実に訳し、正義を求めるアリスの性格を反映している。「空想」を美的、道徳的観点から称揚する永代の翻案は教育的意図を孕んでおり、ヴィクトリア時代の子どもたちを道徳的な規範から解放したといわれるキャロルの原作との乖離は否定できない。しかし、当時の〈お伽噺〉の「空想」批判を視野に入れると、空想的な物語に積極的意義を付与した同時代の文脈における意味は看過できない。また、少女の冒険の描かれ方に着目して、当時の少女向け冒険譚と比較することにより、翻案に見られるアリスの未知の世界への好奇心に満ちた冒険の特異性が鮮明になり、良妻賢母規範から逸脱する潜在性を孕んでいたことが見て取れる。

日本の児童文学史上、〈お伽噺〉の時代における2つのアリス物語の最初の翻案は、明治後半期の児童文学の動向と密接に関連しており、教育倫理的背景を色濃く反映しつつも、訳者の意図を超えて良妻賢母規範から逸脱する要素を孕み、旺盛な好奇心に駆られて未知の異世界を積極的に探検する少女の冒険譚を通して、日常を離れて空想の世界に遊ぶ機会を提供したという点で重要な役割を果たしたといえよう。

注

1：河原は、明治期の「最大のサブ・ジャンルは『お伽噺』」であったと述べている（44）。
2：Lewis, Carroll. *Alice's Adventures in Wonderland and Through the Looking-glass and What Alice Found There: 150th Anniversary Edition*. Penguin Books, 2015. 以下、両作品の原文からの引用は全てこの版により、括弧内に頁数を示す。
3：千森（175-221）。
4：楠本（20-38）。
5：川戸（23-53）。
6：翻訳からの引用文は、ルイス・キャロル著、長谷川天渓訳（207-58）に拠る。
7：稲木・沖田は、キャロルが駆使した「鞄語」をはじめとする造語について詳説している（「ルイス・キャロルの言語世界」27-28）。

8：注 5 前掲論（30-31）。
9：ガードナーは、『鏡の国のアリス』の「物語全体を支配する通奏低音」として「反転（inversion）のテーマ」に注目し、「左右の逆転」だけではなく、「普通の世界が上下逆転（turn upside down）され、前後逆転される（turn backward）」という「ノンセンス」の世界について考察している（318）。
10：日本児童文学会編『日本児童文学事典』「お伽噺」の項目（135）を参照。
11：藤本（2）。
12：三品は、訳者は「お伽噺」という枠組みに合う作品として『鏡の国のアリス』の翻訳を試み、「異世界へ入り込んだ少女が、機転と勇気とで様々な試練を超え、その世界の女王になる」という「幻想的児童文学の可能性を期待」していたと指摘している（60-63）。
13：注 3 前掲書（185）。
14：久米（102）。
15：「トランプ国の女王」「海の学校」の引用文は、ルイス・キャロル著、須磨子（永代静雄）訳（259-74）を参照。「黄金の鍵」の引用は、永代静雄『アリス物語』（1-12）に拠る。
16：永代静雄『アリス物語』（1-212）を参照。
17：『アリス物語』の「はしがき」の部分は、頁数に含まれておらず、表示されていないため、「はしがき」からの引用に関しては、頁数を記載しない。以下同じ。
18：目黒は、巌谷小波のお伽噺論が「空想」の価値を主張したことの同時代的意味について考察し、「『空想』を助長する〈お伽噺〉は、課外読み物として警戒されるジャンルであり、とりわけ、少女に対する悪影響が懸念されていた」と指摘している（96）。
19：志村（30）。
20：安井（44）。
21：稲木・沖田『アリスのことば学——不思議の国のプリズム』（26-27）。

〔付記〕本文中の引用について、原則旧字は新字に改め、ルビは適宜省略した。

第三章　日陰者が目指した「光の都」
——トマス・ハーディ『日陰者ジュード』とオックスフォード

金谷　益道

1. 序文

> Jude continued his walk homeward alone, pondering so deeply that he forgot to feel timid. He suddenly grew older. It had been the yearning of his heart to find something to anchor on, to cling to—for some place which he could call admirable. Should he find that place in this city if he could get there? Would it be a spot in which, without fear of farmers, or hindrance, or ridicule, he could watch and wait, and set himself to some mighty undertaking like the men of old of whom he had heard? As the halo had been to his eyes when gazing at it a quarter of an hour earlier, so was the spot mentally to him as he pursued his dark way.
>
> "It is a city of light," he said to himself.
>
> （*Jude the Obscure* I. iii）[1]

トマス・ハーディ（Thomas Hardy, 1840-1928）は、1888年4月28日付のメモで、後日自身がつけた注釈と共に、後に『日陰者ジュード（*Jude the Obscure*）』（1895）として世にでる物語の萌芽について次のように記している。

> A short story of a young man—"who could not go to Oxford"—His

> struggles and ultimate failure. Suicide. [Probably the germ of *Jude the Obscure.*] There is something [in this] the world ought to be shown, and I am the one to show it to them—though I was not altogether hindered going, at least to Cambridge, and could have gone up easily at five-and-twenty.（*Life* 216）

このメモから、この小説の骨幹にオックスフォード大学の存在があり、ハーディが、世間が知らないオックスフォード大学の悪習の暴露を小説の一つの目的としていたことがわかる。更にメモの最後の部分を見てみると、ハーディは、ケンブリッジ大学には行けなかったわけではなかったという自身にまつわるエピソードを付け加えている。ハーディは、後に記すように、20代の頃にオックスフォード大学に入学を断られていた。彼がこのエピソードを出したのは、レベルの点で並び立つ大学に入学できる能力がある自分を拒絶したオックスフォード大学に対する恨みがあったからかもしれない。本稿では、主人公ジュード・フォーリー（Jude Fawley）とハーディの人生を突き合わせながら、作者が世に知らしめたかったオックスフォード大学の悪習が何であったのか、オックスフォード大学とハーディの関係はどのようなものであったのかなどを論考してみたい。

2. 階級主義と幽霊になるジュード

『日陰者ジュード』で、オックスフォードは、“Wessex Novels”と呼ばれたハーディの小説群でお馴染みである変名を用いられ、「クライストミンスター（Christminster）」に名を変えている。そのため、「オックスフォード大学」という名称の大学は登場しない。作品で登場するコレッジ名も、クライスト・チャーチが「カーディナル・コレッジ」になるなど、変更を加えられている。クライストミンスター大学 / オックスフォード大学の批判が小説ではっきりと現れるのは、ジュードがクライストミンスターで暮らし始めてからである。それまでのジュードの人生を追ってみよう。小説は、メアリグリーン村の小学校の校長であったリチャード・フィロットソン（Richard Phillotson）がクライストミンスターへ引っ越すため、村に別れを告げる場面から始まる。父母を亡くし伯母に仕方なしに引き取られていた 11 歳の少年ジュードは、この恩師からクライストミンスター大学で学び、学者か聖職者になるという計画をこっそり聞かせてもらう。フィロットソンが口にした計画は、その後のジュードの人生を決定的に変えることになる。カラス追いを仕事とするジュードは、哀れみの情から鳴子を手放し、畑に蒔かれた種をカラスに食べさせていたところを農場主に見つかり、折檻を受け職を失くし、伯母に愛想をつかされる。冒頭に引用したように、ジュードはフィロットソンが暮らすクライストミンスターを、農民たちを恐れることなく、何か大きな仕事に取り掛かれる場所と夢見て、「光の都」と崇める。ジュードはフィロットソンが郵便で送ってくれた文法書などを頼りに、ラテン語とギリシャ語を独学し、石工として働きながら勉強を続ける。ある日豚飼いの娘アラベラ・ドン（Arabella Donn）に見そめられたジュードは、彼女との情交に溺れ結婚し、クライストミンスター大学で学ぶ情熱を失ってしまう。彼女と別離した後、ジュードは酒に溺れ自殺を試みるが、また大学で学ぶ夢が首をもたげ、22 歳の頃に初めてクライストミンスターに足を踏み入れる決心を固める。

クライストミンスターに辿り着いた初日の夜、ジュードは、知り合いが一人もいないため、誰にも見えも聞こえもしない幽霊になった気がし、他の "ghostly presences"（79）を空想しながら街路をさまよう。語り手は "the founders of the religious school called Tractarian; the well-known three, the enthusiast, the poet, and the formularist"（80）[2] といった具合に、名前を具体的に示さないが、オックスフォード大学に深く関係した人物の幽霊ばかりが、ジュードの前に現れる。ジュードはこの地でしばらく石工として生計を立て、大学入学を目指そうとする。ジュードは道を歩く大学生たちを観察していた時、クライストミンスター大学に対して初めて失望を抱く。語り手が "in passing him［Jude］they did not even see him, or hear him, rather saw through him as through a pane of glass at their familiars beyond"（86）と述べているように、石埃まみれの労働者である自分が、大学生たちにとってはまるで透明の窓ガラスのようにこの場に存在しないのも同然であることに気付き、ジュードは意気消沈する。ジュードがクライスミンスターに初めてやって来たと推測される1877年頃、[3] オックスフォード大学の学生は、地主階級など裕福で社会的地位の高い家庭出身の子弟がほとんどを占めていた。ハーディが世に知らしめようとしたオックスフォード大学の悪習の一つは、労働者を見えも聞こえもしない幽霊のごとく存在すらしないものとして扱う、上層階級による冷淡な階級差別だったのであろう。

ジュードはクライストミンスター大学における階級主義の強力さを、この後次々と目の当たりにしていく。ジュードは、伯母からクライストミンスターに住んでいると聞かされていた、いとこのスー・ブライドヘッド（Sue Bridehead）に会った際、フィロットソンが村の小学校の校長をしているという情報を聞き、深く失望する。オリヴァー・ツイスト（Oliver Twist）やヒースクリフ（Heathcliff）のように、ジュードは「孤児」というヴィクトリア時代の小説に頻繁に登場した社会的弱者であり、嫌々彼を引き取った伯母も含めて他人とのつながりを持てない。ジュードは村で唯一優しくしてくれたフィロットソンを “his much-admired friend”（29）とみなし、学者か聖職者になるという彼の夢を自分が追うべき手本と考えてきた。フィロットソンが挫折した理由は明らかにはされないが、自分よりはるかに縁故も学識もあったはずのフィロットソンの挫折を知り、ジュードはクライストミンスター大学の階級主義や排他主義に怖気付いたようである。企てに失敗したフィロットソンの姿は、このまま見えも聞こえもしない幽霊の状態に留め置かれるかもしれないという、大学生たちがジュードに与えた恐れを増幅するものだったに違いない。

「クライストミンスターにて」と題された第 2 部で、ジュードが味わう階級主義にまつわる最大の失望は、石工として働く最中、大学の学寮長らに書いた、自分の苦境を訴える手紙の返信――たった一人しか返してくれなかった――を読んだ時であろう。

“BIBLIOLL COLLEGE.

“SIR,—I have read your letter with interest; and, judging from your description of yourself as a working-man, I venture to think that you will

> have a much better chance of success in life by remaining in your own sphere and sticking to your trade than by adopting any other course. That, therefore, is what I advise you to do. Yours faithfully,
>
> T. TETUPHENAY.
>
> "To Mr. J. FAWLEY, Stone-cutter."（117）

テテュファネー（Tetuphenay）学寮長からジュードが受け取ったこの手紙は、20代のハーディが、オックスフォード大学で教鞭をとっていた、ギリシャ学の大家であるベンジャミン・ジャウエット（Benjamin Jowett, 1817-1893）に送った手紙の返信を、一字一句違わない形で再現したものだった可能性があると言われている（Kearney 103）。ジャウエットは後に、オックスフォード大学で最古のコレッジの一つであるベイリオル・コレッジ——ビブリオル・コレッジのモデル——の学寮長を務めることになる。ハーディはジュードと同じ職業である石工で生計を立てていた父を持ち、大学に進学するお金がなかったため16歳で地元であるドーセットの建築家の徒弟となったが、学問への熱情を人一倍持っていた。ハーディ自身がジャウエットの手紙を通して目の当たりにしたと考えられる、階級や職業などにより「領域」を定め、労働者階級にはその門戸を閉ざす、オックスフォード大学の階級主義や排他主義は、そのような背景を持った彼を打ちのめすものだっただろう。

返信を読んだ後、ジュードは、大学で学べないのは、職業や階級により定められた領域のためであり、自分の能力ゆえではないと訴えるような行動に出る。酒を飲み、夜遅く、石工の仕事柄いつも持ち歩いているチョークで、自分を拒絶したビブリオル・コレッジの壁に、"*I have understanding as well as you; I am not inferior to you: yea, who knoweth not such things as these?'"* (118) というヨブ記の一節を、ジュードは衝動的に書きつける。更に別の日の晩、ジュードはパブで挑発に乗って、『使徒信経』を大勢の前でラテン語で諳んじ、クライストミンスター大学の学生も含んだ聴衆に "'You pack of fools! . . . Which one of you knows whether I have said it or no?'" と言い放つ (122)。この騒ぎが雇い主の耳に届きジュードは解雇され、クライストミンスターを去ることになる。学寮長からの手紙を受け取った後のこういった言動は、社会的地位や職業よりも、学問上の能力を入学の第一の基準とすべきであるというジュードの考えの表れだと言えよう。

3. 儀式とビジネスの街、クライストミンスター

ハーディが『ジュード』を通して世に知らしめたかったのは、オックスフォード大学の階級主義や排他主義だけではない。ハーディが暴露しようとしたオックスフォード大学の他の悪習は、キリスト教と関連している。オックスフォード大学は、キリスト教会に強い影響を及ぼしてきた大学として有名である。ベイリオル・コレッジの学寮長も務めたジョン・ウィクリフ（John Wycliffe, c. 1330-1384）のローマカトリック教会批判、メソジスト教会の起源となる「ホーリー・クラブ」を大学で興したジョン・ウェスレー（John Wesley, 1703-1791）が主導したメソジスト運動など、オックスフォード大学は英国のみならず世界のキリスト教会に影響を及ぼした改革や運動の中心となった場所であった。このため、オックスフォード大学、並び

に大学を擁するオックスフォードは、人々の頭の中でキリスト教と深く結び付いている。

ハーディが世間に伝えたかった、キリスト教に関連したオックスフォード大学の悪習とは何だったのか。それについて考察するためには、ハーディにとってキリスト教のあるべき姿がどのようなものであったのかについて知る必要がある。ハーディのキリスト教に対する見解は複雑で簡単に要約はできないが、「宗教」をある論文の中でどのような意味で使うのかを説明している、次の 1907 年のメモが役に立つであろう。

> *Religions*, *religion*, is to be used in the article in its modern sense entirely, as being expressive of nobler feelings towards humanity and emotional goodness and greatness, the old meaning of the word—ceremony, or ritual—having perished or nearly.（*Life* 358）

ハーディがここで示している「人間に対するより高貴な感情や、感情的な善良さや偉大さの表出」と「儀式、あるいは儀式上の形式」という二つの異なる宗教の定義、及び前者の肯定は、1880 年代から彼が亡くなるまで頻繁に発せられたものである。このメモが書かれた時点では、ハーディは「儀式、あるいは儀式上の形式」という意味は古いものとなり、ほぼ消滅したと考えているようだが、『ジュード』が出版された頃、彼は儀式や慣行を偏重する教会主義（ecclesiasticism）の流行に対する憤りを度々書き記していた。ハーディが嫌った教会主義は、英国国教会内で儀式や礼典などローマカトリック教会に特徴的な要素を重んじた高教会派の力を強めようとした「オックスフォード運動」により広められたものである。嫌悪する儀式や教会主義の対極にハーディが位置付けているのは、ジュードが畑の哀れなカラスたちに抱いた“fellow-feeling”（15）や“altruistic feeling”（130）に表れている利他主義と同じものであろう。ハーディは、キリスト教は利他的精神に溢れたものであるべきだと考え、オックスフォード運動を利他的精神を抑圧する運動と捉えたのだ。ニューマン、キーブル、ピュージらオックスフォード大学に縁の深い運動の主導者たちは、『ジュード』が発表された頃には全員鬼籍に入っていたが、彼らが唱えた教会主義は、高教会派が英国国教会内で大きな勢力となったこともあり、大学内でも廃れることはなかった。ハーディが世に知らしめたかったオックスフォード大学のもう一つの悪習は、こういった利他主義を蔑ろにした儀式偏重主義であったのだろう。

オックスフォード大学の儀式偏重主義は大学の外に伝播していった。スーが住み込みで働いていた、宗教書や十字架といった教会の儀式に必要な用具店を営むフォントーヴァー女史（Miss Fontover）が信者である、ベルシェバにある聖サイラス教会という“ceremonial church”（95）のモデルは、オックスフォード西部のジェリコにある聖バーナバス教会であり、この教会はオックスフォード運動の支持者により設立され高教会派の拠点となった場だ。小説でも、大学だけでなくクライストミンスター一帯に、儀式を重んじる教会主義が広がり、利他的精神が失われていることが暗示されている。最も代表的なのはジュードの三人の子供が亡くなった直後の場面であろう。悲しみに打ちひしがれるスーは二人の男たちが近くで話しているのに気付き、自分とジュードが彼らの見せ物にされていると思うが、男たちは聖職者で聖餐式で東の方向を向くべきかどうかについて議論しているのだとジュードは彼女に説明する（337）。スーとジュードの嘆きに耳を傾けず慰めを与えようともせず、儀式のことばかりを考えている聖職者たちは、『ダーバヴィル家のテス（*Tess of the D'Urbervilles*）』（1891）で、重要な儀式である洗礼を施していないという理由で、主人公テス・ダービーフィールド（Tess Durbeyfield）の亡くなった息子をキリスト教徒として埋葬するのを拒む、村にやって来て間もない聖職者を読者に連想させるだろう。

ハーディは、クライストミンスター一帯が、儀式を重んじる教会主義だけでなく、商業主義にも染まっていることを暗示している。このことは少年ジュードがメアリグリーン村で、まだ見ぬクライストミンスターの姿を想像している頃にすでに示されている。クライストミンスターを "the new Jerusalem"（22）—天の神のもとから降りてきた都市—にたとえながら、ジュードがその姿を夢見る時、語り手は黙示録の著者の聖ヨハネの夢に比べて、彼の夢には "the diamond merchant's [imagination]"（22）が少なかったと述べている。新しいエルサレムの城壁の土台石が 12 の異なる宝石であったことを説明した聖ヨハネをダイヤモンド商人にたとえて、語り手は、"the most Christian city in the country"（94）という評判があるクライストミンスターは、実際には商業的・世俗的野心に富んだ者だらけであることを示唆しているのだ。

このことは、フォントーヴァー女史を通しても示されている。キリスト教に懐疑的なスーが人目を盗んでこっそり買った、異教の神ヴィーナスとアポロンの像を木っ端微塵に壊すことから、フォントーヴァー女史はキリスト教への信仰が篤い人物に一見思えるが、彼女がこの儀式用具店を経営し始めた理由が経済的困窮から脱するためという世俗的なものであったことを、語り手は示唆している。

> She was the daughter of a clergyman in reduced circumstances, and at his death, which had occurred several years before this date, she boldly avoided penury by taking over a little shop of church requisites and developing it to its present creditable proportions.（95）

フォントーヴァー女史がキリスト教暦年を暗記しているのも信心深さゆえではなく、儀式は彼女にとって “one of her business”（95）であるからだ。

クライストミンスターが利他的精神ではなく、むしろ商業的野心と強く結び付いた街であることは、ジュードがその地に落胆し去った後に移り住んだメルチェスターで起きた出来事を通して、最もはっきりと伝えられる。第3部「メルチェスターにて」で、ジュードはクライストミンスターへの憧れがまた頭をもたげてきて、神学の研究を続けることになる。スーが、クライストミンスターは学問に熱情はあるが、金も機会も縁故もないジュードのような者が大金持ちの息子たちに歩道の外に押しのけられる地だと主張する一方、ジュードは “‘I still think Christminster has much that is glorious’”（150）と言い、クライストミンスターへの愛着を表に出す。愛するスーがフィロットソンに請われて結婚してしまったこともあり、失意のどん底にあったジュードは、メルチェスターの教会の聖歌隊に加わっていた時、ある讃美歌に感動する。ジュードがその作曲家についてオルガン奏者に尋ねたところ、"'He [The musician] was brought up and educated in Christminster traditions, which accounts for the quality of the piece'"（194）という答えが返ってくる。その作品の素晴らしさがクライストミンスターでの教育と関係しているらしいことがわかってか、ジュードは苦悩する自分の相談相手に彼がなってくれるものと思い込み、会いに行く決心をする。讃美歌をこの上なく美しいと讃えるジュードに男は丁寧に応対するが、この男の口から出てくるのは、次のようにお金にまつわる話ばかりで、ジュードは戸惑いを覚える。

> "Ah well—other people have said so too. Yes, there's money in it, if I could only see about getting it published. I have other compositions to go with it, too; I wish I could bring them out; for I haven't made a five-pound note out of any of them yet."（195）

この男の作曲の動機が、他人の魂の慰めなどではなく金儲けであったことを知り、ジュードは落胆する。音楽では金にならないので "wine business"（195）に近々手を出そうとしているこの音楽家の態度は、ジュードが貧乏人だとわかると、外見や話しぶりから地位、職業を実際とは違うものと思い込んでいた当初とはすっかり変わってしまう。ビジネスの相手ではないと判断した途端に態度を変える作曲家の姿に、ジュードは利他的精神を失ったクライストミンスターの宗教・教育の本質を読み取ったのである。

4. 理想主義とプラトンのイデア

『ジュード』は、ハーディが問題視する現実のオックスフォード大学の欠陥を世に知らしめ、批判するためだけに書かれたわけではもちろんない。ジュードの苦闘や失敗をもたらした原因はジュード本人にもあることを、語り手は度々示唆している。冒頭に紹介した小説の萌芽について記したメモを書く三ヶ月前に、ハーディは多くのオックスフォード大学生が享受していそうな特権に反対し、機会の平等の重要性を唱えながらも、機会を利用しようとしない者は優遇すべきでないとも述べている（*Life* 213）。保守的でも社会主義的でもないというハーディ自身が説明する政治的立場（*Life* 213）を考えても、階級制のような社会システムや社会的慣習ばかりでなく、ジュード個人の思考や行動にも彼の苦闘や失敗の原因を探すべきであろう。

ジュード個人に関連した彼の苦闘と失敗の原因は様々あるが、最も代表的なのは現実を直視しようとしない彼の過度な理想主義であろう。高尚な宗教心や利他的精神ではなく、商業的動機に基づく経済原理により人々が活動しているという、ハーディが問題視していたクライストミンスター/オックスフォードの姿は、自作の讃美歌を商品とのみ捉え紙幣に交換することしか考えていない音楽家に会う前に、すでにジュードには伝えられている。少年時代、石炭を馬車で運んでいる馬子に、まだ見ぬ憧れのクライストミンスターについてジュードが尋ねたところ、馬子は人づてに聞いた大学の様子を告げる。

“You know, I suppose, that they raise pa’sons there like radishes in a

> bed? And though it do take . . . five years to turn a lirruping hobble-dehoy chap into a solemn preaching man with no corrupt passions, they'll do it, if it can be done . . . . There, 'tis their business, like anybody else's." (24)

農夫が苗床のラディッシュをビジネスのために生産するのと同じように、大学も聖職者をビジネスのために生産している、といった馬子の指摘に対して、フィロットソンから聞いたわずかなことばから作り出した理想的イメージに拘泥するジュードは何も反応を示さない。ジュードは後に学者か聖職者になるという自分の夢が、"an ethical or theological enthusiasm" などではなく、"a mundane ambition" に基づいていたことに気付く（129）が、この時点では、自分が学ぶことを夢見る大学を金儲けや立身出世といった世俗的野心から完全に切り離された空間だと夢想している。ハーディは小説を通して、クライストミンスター/オックスフォードに巣食う世俗的野心を批判している一方、それと同時に、世俗的野心などを超越し利他的精神に溢れているというクライストミンスターの理想像を作り出すジュードも批判しているのだ。

大学入学を目指しクライストミンスターで石工として働き出した後も、ジュードは伝道の書にある "wisdom giveth life to them that have it"（87）ということばを頼りに、知識を蓄えれば機会が勝手に到来すると思い込み、入学のための手続きの詳細について全く問い合わせをしないままでいる。ようやく学長たちに手紙を書き、返信を受け取る少し前、病床の伯母をメアリグリーン村に見舞った後の帰り道、彼を知るジョンという村人

に "'Such places be not for such as you—only for them with plenty o' money'" (113) と、クライストミンスター大学は金持ちだけが行く場だと諭される。この時、ジュードは自分たちみたいな者こそが行くところだと返答するが根拠は示さない。クライストミンスター大学の現実の姿を何度か教えられ、忠告を受けているのに、階級や職業や縁故などではなく、学業能力と、大学の設立時に最も重要視されていたはずだとスーが考える "a passion for learning" (151) があれば大学は入学させてくれるという思い込みを、ジュードは捨てることができない。

このような理想主義は、ハーディ小説に登場する他の男性キャラクターたちにも見られる。ジュードは気質や行動の点で『テス』に登場する、男性にとって都合のいい理想の女性像を主人公テスに押し付け、その女性像とのずれを見出した途端に彼女を捨て去る、牧師の息子エンジェル・クレア (Angel Clare) に似ている。ジュードは、情景が与える "general impression" (*Tess* 123) を重んじて情景の細部を軽視する癖を持つエンジェルのように、出会ったばかりのアラベラの容貌の "general impression" (41) しか意識できない。霧が立ち込める早朝の薄明かりの中で、"strange and ethereal beauty" (*Tess* 135) をエンジェルに感じさせていたものの、日が照って明るくなるとその美しさを失うテスのように、クライストミンスターは訪問初日の夜にジュードが自分で作り上げた幽霊たちと共に味わった完璧さを、翌日の昼には失ってしまう。『ジュード』の語り手は、ジュードの幻想が太陽が登った昼に消え去った様子を "What at night had been perfect and ideal was by day the more or less defective real" (84) と記している。

『テス』の語り手は、エンジェルの理想主義を批判する際、プラトンのイデア論に登場する用語を用いている。語り手が言及するプラトンの用語は、先ほど述べた、ギリシャ学の大家でもあるベンジャミン・ジャウエットが訳し註解を施したプラトンの書物からのものである。[4] 霧が立ち込める早朝の薄明かりの中でエンジェルに見つめられるテスを形容することばには、"She was . . . a visionary essence of woman—a whole sex condensed into one typical form" (*Tess* 134-35)とあるように、「本質(essence)」と「形相(form)」というプラトンの用語が含まれている。永遠不変の女性の原型——つまり、プラトン的なイデア——を女性に追い求め、ある女性をイデアがそのまま具現化した存在だと勝手に思い込む男は、ハーディ小説のストック・キャラクターだ。『森林地の人々(*The Woodlanders*)』(1887)に登場する医師エドレッド・フィッツピアーズ(Edred Fitzpiers)は、"'Nature has at last recovered her lost union with the Idea!'" (*Woodlanders* 132)と、グレース・メルベリー(Grace Melbury)に告げる。『恋魂(*The Well-Beloved*)』(1892)[5] のジョセリン・ピアストン(Joselyn Pierston)は、全員アヴィス(Avice)という名前を持つ三人の女性を、天上のイデア界に存在する女性の原型そのものだと思い込み、自分が20歳、40歳、そして60歳の時に好きになる。ピアストンは、"'Behind the mere pretty island-girl (to the world) is, in my eye, the Idea, in Platonic phraseology—the essence and epitome of all that is desirable in this existence'" (*Well-Beloved* 257)とあるように、プラトンの用語を出しながら、二代目アヴィスを称賛している。『ジュード』の前に書かれたこれらの小説では、男たちのプラトン的な理想化の対象は主に女性に設定されていた。『ジュード』でも、ジュードがスーを "an ideal character"（89）と考えているように、女性が理想化の対象に設定されているが、この作品ではやはり主にクライストミンスターに設定されていると言えよう。

『ジュード』では、『テス』などとは異なり、直接的にプラトンの用語は用いられてはいないが、クライストミンスターをハーディがプラトン的なイデアとして扱っているのは、この地をジュードが「中心」と考え、その中心を目や耳といった感覚器官で彼が捉えていないことからわかる。プラトンは、視覚などの肉体的感覚では捉えることができない、非物質的で不変のイデア、あるいは形相の存在を想定し、我々が見たり触れたりできる経験の世界をイデアの模倣に過ぎないとし、芸術をイデアの模倣を更に模倣したもの、つまりイデアから二重に遠ざかったものとして批判的に見た。模倣される対象であるイデアは、いわば中心的な存在と言えよう。作品の冒頭で、メアリグリーン村を去ろうとするフィロットソンがこっそりジュードに大学で学ぶ計画を耳打ちする際、クライストミンスターを大学教育や宗教の "headquarters"（10）と説明して以来、ジュードはこの地を中心と考え続ける。メアリグリーン村に帰省したおりに出くわした村人ジョンに、ジュードはクライストミンスターは "a unique centre of thought and religion"（112）だと告げる。スーは、クライストミンスターの実態は伝統へこわごわと服従する平凡な校長たちの巣窟であるのに、その地を "a great centre of high and fearless thought"（313）だとジュードがまだ考えていると苦言を呈する。

クライストミンスターにまだ一度も足を踏み入れたことがな

かったメアリグリーン村での少年時代、その地はイデア同様、目や耳といったジュードの感覚器官では捉えられていない。ジュードはクライストミンスターを、目で視認したと考えているが、語り手はそれが蜃気楼に過ぎなかった可能性について触れている。父母を亡くした彼を住まわせていた伯母に、家から20マイルほどの距離にあると教えてもらったクライストミンスターの姿を、ジュードはどうにかして自分の目で拝もうとする。他人の納屋の屋根まで立てかけられたはしごに登ったジュードは、クライストミンスターを覆い隠す霧と雲が晴れるのを待つ。ようやく見えたと思われたクライストミンスターが、実は現実のクライストミンスターではなかった可能性がアンチクライマックス的に語り手により明かされる。

> Some way within the limits of the stretch of landscape, points of light like the topaz gleamed. The air increased in transparency with the lapse of minutes, till the topaz points showed themselves to be the vanes, windows, wet roof slates, and other shining spots upon the spires, domes, freestone-work, and varied outlines that were faintly revealed. It was Christminster, unquestionably; either directly seen, or miraged in the peculiar atmosphere.（21）

また、ジュードが見ることができたと思うクライストミンスターにはその姿をおぼろげにする "halo" が取り巻いており、しかも、あるところではその光は "the eye of faith"（74）で見なければほとんどわからないようなもの——つまりジュードが作り出したもの——であると述べられている。「光の都」にジュードが見た光は実は存在さえしなかったのかもしれないのだ。

同じことが音についても言える。ジュードはクライストミンスターの方向から吹いてくる風に心を集中させる。彼が風に気を留めるのは、フィロットソンへの崇拝と関係している。ジュードは、"'You . . . were in Christminster city between one and two hours ago, floating along the streets, pulling round the weather-cocks, touching Mr. Phillotson's face, being breathed by him, and now you be here, breathed by me'"（23）と、風に語りかける。風は、フィロットソンの一部だけでなく、"the sound of bells"（23）といった音も運んでくる。この鐘の音をジュードが実際には耳にしていないのは、鐘の音を聞いているとされる間、わずか数ヤード下に迫ってきていた馬車の音にも気付けないほどの忘我状態に彼があったことからも明らかである。クライストミンスターの音を、ジュードはその耳で捉えたりはしていないのだ。[6]

5. 大学教育改革とジュードの夢

先ほども触れたように、ジュードは、ビブリオル・コレッジ学寮長から拒絶の手紙を受け取った後も、クライストミンスター大学に対する憧れを抱き続ける。その理由は、彼が飽くことを知らず理想化を続ける性分の持ち主であるからだろうが、クライストミンスター大学に彼に希望を与えてくれる変化が起きかけていることを知ったからだとも思われる。クライストミンスターを離れた後、ジュードは、アラベラとの間に生まれたリトル・ファーザー・タイム（Little Father Time）というあだ名の男の子を引き取ることになる。リトル・ファーザー・タイムは、ジュードと別れた後にオーストラリアに渡ったアラベラが父母に預けていたが、面倒を見られなくなったと彼に寄越してきた男の子である。20歳ほど年の離れたフィロットソンに請われて結婚したものの、離別を選択し、ジュードと暮らしていたスーは、リトル・ファーザー・タイムを引き取るという彼の考えに同意する。ジュードが彼を引き取ろうとした理由は、"'That excessive regard of parents for their own children, and their dislike of other people's, is, like class-feeling, patriotism, save-your-own-soul-ism, and other virtues, a mean exclusiveness at bottom'"（274-75）と述べているように、クライストミンスター大学が以前彼に突き付けた強烈な排他主義に挑むためであった。ジュードが、アラベラとの間にできたこの息子を引き取った理由は他にもある。ジュードが息子を引き取ったのは、排他的な上層階級に対する敵対意識があったからだけでなく、クライストミンスター大学で学ぶという夢を息子を通して実現できると考えたからだ。これは後に父親と同じ名前（ジュード）を授けられるリトル・ファーザー・タイムに会って間もなく、スーがジュードから、"'What I couldn't accomplish in my own person perhaps I can carry out through him?'"（278）と告げられる場面からわかる。

このクライストミンスター大学に息子を入学させるという計画に対してスーは、"'Oh you dreamer!'"（279）と返すのだが、ジュードは"'They are making it easier for poor students now, you know'"（278）と、貧乏人にも今はチャンスがあることを理由にスーを説得しようとする。これは当時のオックスフォード大学や他の大学で起きていた動きを考えると、ジュードの妄言などではなかったと言える。ジュードのような貧しい人にも教育の機会を与えようとする機運は、『ジュード』が書かれる前から英国で高まっていた。ハーディがジャウエットにオックスフォード大学への入学に関する相談の手紙を出し、返信をもらったと思われる1860年代には、ベイリオル・コレッジは貧しい人たちに大学で学ぶ機会を与えようとする学内での教育改革の旗頭となっていた。実は、ベイリオル・コレッジの改革運動の中心にいたのが、ハーディに領域から出ないよう返信で勧告したとされるジャウエットである。プラトンの著作の翻訳者で名高いジャウエットは、作家デビューする前のハーディに影響を与えたとも言われている『エッセイズ・アンド・レヴューズ（*Essays and Reviews*）』（1860）において発表した「聖書の解釈について（"On the Interpretation of Scripture"）」で、聖書は、他の書物と同じように、その文脈の中で、特定の著者、時代、文化的背景の心を表現するものとして扱われるべきであると主張したことで、大学で議論を巻き起こした。また、ジャウエットは、ハーディが親しかった詩人アルジャーノン・チャールズ・スウィンバーン（Algernon Charles Swinburne, 1837-1909）がベイリオル・コレッジで学んでいた時の教師でもあるなど、ハーディと色々と関係がある人物である。

ジャウエットは、"Men aim at what is beyond them when they might have been useful and valuable in a more humble way of life"（qtd. in Richardson 36）といった発言をしているように、領域を越えることに反対する考えを表明してもいるが、労働者階級に大学教育の機会を与えることに力を注いだ人物であった。ベイリオル・コレッジの学寮長になった1870年から遡ること4年前、ジャウエットは、友人への手紙で、コレッジ外の下宿施設や奨学金の整備などの構想を箇条書きで記した後、門地や経済力に寄らない能力主義——ジュードが求めたもの——を重視し、特権的階級以外の階級にも大学の門戸を開く企図を告げている。

> At present not a tenth or a twentieth part of the ability of the country comes to the University. This scheme is intended to draw from a new class, and with this object I should propose that the subjects of examination be not confined to Latin and Greek, but embrace physical science, mathematics, etc. (qtd. in Kearney 104)

ジュードがビブリオル・コレッジの学寮長から返信を受け取ったと推定される1877年の翌年、オックスフォード大学では、ジャウエットが中心的人物の一人となり、大学外での社会人教育を目指す大学教育普及運動（the university extension movement）が始まった。ジャウエットは、自分の私財も投げ打ち、オックスフォード大学と何らかの形で結びついた地方教育機関のネットワークを構築して、社会的弱者にも大学の門戸を開こうとした。この運動は、オックスフォード大学に先立ち、ケンブリッジ大学で1873年に始まっている。社会的・教育的排他性の代名詞のようにみなされることの多いオックスブリッジが、実は体系的な社会人の学外教育に世界で最初に取り組んだ高等教育機関であったのだ。

オックスフォード大学では、ジャウエット以外の人々も大学教育の拡張に精力を傾けた。フェビアン協会が創設された年でもある1884年には、ロンドンのイースト・エンドのスラム街に、社会改良家アーノルド・トインビー（Arnold Toynbee, 1852-83）の名にちなんだトインビー・ホールが開館した。貧しい人々に教育と娯楽を授けることを目的としたこの隣保館は、オックスブリッジの関係者によって建てられたものだ。『ジュード』の単行本初版が発行された1895年以降では、クライスト・チャーチの卒業生でもあるジョン・ラスキン（John Ruskin, 1819-1900）の名を冠したラスキン・コレッジの前身となる、労働者階級の人々のために夜間・通信教育を無料で提供するラスキン・ホールが1899年に設立された。1912年に出版された全24巻のウェセックス・エディションのあとがきで、ハーディは、“I was informed that . . . when Ruskin College was subsequently founded it should have been called the College of Jude the Obscure” (467)[7]と記し、このような動きに『ジュード』が影響を及ぼしたことを世に示している。

また、『ジュード』の単行本初版が発行された1895年頃には、ジュードのような境遇の若者がオックスフォード大学で学んでいた。1928年にケンブリッジ大学の教授となった政治学者のアーネスト・バーカー（Ernest Barker, 1874-1960）は、炭鉱夫の父を持ち、貧困にあえぎながらマンチェスターのグラマー・スクールで学んだ後、奨学金を得てオックスフォード大学に入学し、『ジュード』が出版された頃はベイリオル・コレッジで学部生として学んでいた。上記のような教育改革や社会改良の取り組みのおかげもあり、現実のオックスフォード大学では、数はごくわずかだったが、ジュードのような労働者階級の人間も学び始めていたのだ。

ジュードがクライストミンスターに戻る第6部「再びクライストミンスターにて」でも、大学入学の夢が彼の口から語られている。クライストミンスターに帰った時、ジュードは、スーとリトル・ファーザー・タイムと共に、彼とスーの間にできた女の子と男の子を引き連れていた。一年の学年歴の最後の日でもある、名誉学位の授与式などが行われる "Remembrance Day" と呼ばれる大学創立記念日の行列を見るために集まった人々の中にいた旧知の労働者にけしかけられて、ジュードは群衆に向けて "'However it was my poverty and not my will that consented to be beaten. It takes two or three generations to do what I tried to do in one'"（326）と演説をぶつ。これは、大学に入れなかったジュードの敗北宣言であると同時に、子孫を巻き込んでの雪辱戦の開始宣言とも捉えることができるだろう。実際、ジュードは、この後で、おそらくいつかはあの中で勉強するだろうとリトル・ファーザー・タイムに言っている（330）。

しかし、このジュードに次ぐ世代によるクライストミンスター大学への入学の夢は、リトル・ファーザー・タイムによる、ジュードとスーの間の二人の子供の殺害と自身の首吊り自殺により、ついえることになる。ジュードはスーのお腹にいた子供も流産のため失ってしまうので、彼の血統は完全に途絶えてしまう。"*Done because we are too menny* [sic]"（336）という遺書からわかるように、リトル・ファーザー・タイムの殺人・自殺の理由は、行列見学の後、一家の宿探しがうまくいかないのは子供が多くいるせいだと彼が思ったからだ。しかし、この一家が宿を見つけられない最大の理由は、ジュードとスーが、結婚制度という慣習を拒否し、コモン・ロー上の婚姻関係を選択していたからである。ジュードは、かつてクライストミンスターに舞い戻る前に、機会の均等を促進する "Artizans' Mutual Improvement Society" に加入し、委員を任されるまでになっていたが、同じ理由で協会から追放されてしまい、仕事もだんだんもらえなくなっていた（304-05）。労働者たちがジュード一家をコミュニティーから追放するのは、従来の結婚制度の拒否が “a slur on their respectability”（Dellamora 149）、つまり彼らが重んじる保守的価値観に対する中傷に思えたからだ。スーは、リトル・ファーザー・タイムの殺人・自殺は、伝統的な結婚制度やキリスト教に抗ってきた自分の罪に対する罰だと考えるようになる。スーは、“the wrong”（350）である婚外子の自分の子供たちを、“the right”（350）である婚内子のアラベラの息子が殺すことで、神が自分に天罰を下したのだと想像し、ジュードと別れ、元夫のフィロットソンのところに戻り、儀式を重んじる聖サイラス教会に足繁く通う。大学が労働者階級を受け入れる方向へ舵を切り出したのに、皮肉なことに労働者たちは、慣習ではなく本能に従って行動し、労働者階級の掟を守らないジュードとスーには寝床を提供するのを拒み、父親の大学入学の夢を押し付けられた息子には自殺に追いやるほどの絶望を与えてしまうのだ。

6. 結論

ジュードは体を壊し、死期が迫る中でも、大学で学ぶ夢を語っている。病に臥せっているジュードは、スーと別れた後に再び結婚したアラベラに、次のように話す。

> “I hear that soon there is going to be a better chance for such helpless students as I was. There are schemes afoot for making the University

> less exclusive, and extending its influence. I don't know much about it. And it is too late, too late for me! Ah—and for how many worthier ones before me!"（399）

大学がその影響を拡大しようとする計画とは、先ほど述べたオックスブリッジの大学教育普及運動のことを指しているようである。死が迫っているジュードにとって、この計画が "too late" なのは、読者に悲痛な思いを与える。この "too late" は、『テス』で、復縁を求め会いに来たエンジェルに、アレック・ダーバヴィル（Alec d'Urberville）の愛人になってしまっていたテスが告げることばである（*Tess* 365）。[8] ハーディが用意したジュードへのとどめの一撃は、幸福に到達するのに必要なタイミングを人間に逃がせさせ続ける、テスも苦しめた "maladroit delay"（*Tess* 46）であったのだ。

ジュードに対する読者の悲痛な感情は、アラベラが、彼が死んでいるのに気付いた後も、大学創立記念日のボートレースを見たくて彼の亡骸を置いてきぼりにして外出する場面でも、激しくかき立てられる。現実のオックスフォードではクライスト・チャーチ・メドー沿いのテムズ川で行われる、恋焦がれた大学の名物競技を見学している観客の歓声を聞きながら、見に行けない悔しさをたどたどしい口調で、ジュードは "'Ah—yes! The Remembrance games . . . And I here'"（403）とひとりごちる。クライストミンスターで求職中に、透明の窓ガラスのような存在になっていると感じ、落ち込みながらも、ジュードは "For the present he was outside the gates of everything, colleges included: perhaps some day he would be inside. Those palaces of light and leading"（86）と考え、自分を奮い立たせた。いまわの際で彼が絞り出したことばから、自分の領域（"here"）を越えられず、光の宮殿へ最後まで入っていけなかったジュードの無念やる方ない思いが伝わってくる。『ジュード』は、"gate"、"door"、"wall"、"stronghold" といった、「隔たり」や「排除」をメタファーとして表すことばに満ち溢れている。これらのことばを作品に散りばめたハーディは、晩年、請われて『ジュード』の原稿をケンブリッジ大学のフィッツウィリアム博物館に寄贈し（1911 年）、オックスフォード大学から名誉文学博士号を授与され（1920 年）、オックスフォード大学のクイーンズ・コレッジの名誉フェローシップに選ばれる（1923 年）などして（Gibson 171, 178, 182）、名門大学との隔たりをなくすことに成功した。ハーディの晩年におけるこれらの大学との関わりを見ると、大学の門の中に一度も入れず、畑の種をカラスに食べさせて農場主に解雇されて以来、失職を繰り返しながらも生き抜いたジュードの人生が報われたような錯覚に陥ってしまわないだろうか。

注

1：Hardy, *Jude the Obscure*, 25 ページ。以下、『日陰者ジュード（*Jude the Obscure*）』からの引用は、丸括弧内にページ数のみ記す。本稿では、1895 年の単行本初版のヴァージョンを用いて論考する。ハーディのその他の著作は、丸括弧内にタイトル名の一語目とページ数を記す。

2：ジョン・ヘンリー・ニューマン（John Henry Newman, 1801-1890）、ジョン・キーブル（John Keble, 1792-1866）、エドワード・ピュージ（Edward Pusey, 1800-1882）のこと。いずれも、

「オックスフォード運動（the Oxford movement）」を主導した。

3：小説の世界と現実の世界の年号の照応関係については、Dennis Taylor の年表を参照した。

4：プラトンのハーディに対する影響については、Jeremy V. Steele が詳しい。

5：『恋魂』は、1892 年に *The Pursuit of the Well-Beloved* というタイトルで新聞連載の形で発表され、1897 年に改訂版が単行本として、*The Well-Beloved* のタイトルで出版された。

6：ジュードはクライストミンスターに着いて初めて職探しに行った石工の工場でやっていることがせいぜい "copying" か "imitating"（85）であると感じて、不満に思う。イデアの単なる模倣者として芸術家を蔑んだプラトンのイデア論の影響が、ここにも表れているのかもしれない。

7：1906 年に行われたドーセットの自宅でのインタヴューでは、"He［Hardy］considered the foundation of Ruskin College in Oxford was due to *Jude*, and said the Oxford dons used to be very angry about the book, but had now got over it"（*Interviews* 78）とあるように、ラスキン・コレッジがトピックになっている。

8：『テス』には、*Too Late, Beloved* というタイトルが、企画段階では考えられていた。

第四章　オックスフォードからの旅
——『ブライズヘッドふたたび』における疎外と召命

有為楠　香

1. 序文

本論文では、イーヴリン・ウォー（Evelyn Waugh, 1903-1966）著『ブライズヘッドふたたび（*Brideshead Revisited*）』（1945）の主人公であるチャールズ・ライダー（Charles Ryder）の遍歴を、疎外と召命というキーワードで概観する。この小説は、一介の大学生に過ぎなかったチャールズが、英国では国教会としばしば対立および迫害の歴史を歩んできたローマ・カトリック教会を信仰する貴族のフライト一族と出会い、数々の事件を経験した末に自らもローマ・カトリック教会に改宗するという筋立と共に、小説の舞台である戦間期イギリスの世相を豊かに描き出した文体によって、ウォーの名をとりわけ英国外に知らしめた作品である。

出版直後の 1946 年、早くも『ブライズヘッドふたたび』を米国ハリウッドで映画化する企画が持ち上がった。[1] この時ウォーはプロデューサーに登場人物やテーマなどについて覚書を書き送り、自作の要点を解説している。

> Grace is not confined to the happy, prosperous and conventionally virtuous . . . . God has a separate plan for each individual by which he or she may find salvation. The story of *Brideshead Revisited* seeks to show the working of several such plans in the lives of a single family.（qtd. in Lane 99）

このようにウォー自身が『ブライズヘッドふたたび』のテーマを、神による救済と、人間がそれを探し求める様子に定めていたことは、この小説において「召命（vocation）」をキーワードに設定する重要性を示すと考えられる。また研究者ジェフリー・ヒース（Jeffrey Heath）は、第二次世界大戦に対してウォーが二種類の見解を表明していたとの観点から『ブライズヘッドふたたび』を解釈する。見解の一つは戦間期の行き過ぎた豊穣が生み出した精神的牢獄であり、もう一つは英国をエリザベス一世時代の精神にまで遡るほどに焼き尽くす浄化の炎というものであった。よって小説の最終場面で書かれるチャールズの改宗は、英国国教会の時代が終焉することに向けたウォーの希望だったということである（183）。あるいはピーター・G・クリステンセン（Peter G. Christensen）の研究をはじめとして、近年はこの作品を同性愛の観点から読み解く批評もある。これらの考察を踏まえ、本論では主人公チャールズの遍歴を詳細に追うことにより、『ブライズヘッドふたたび』において、彼がただの語り部であること以上に果たした役割を考察する。

ウォーの小説は、主人公たちが社会から肉体的に疎外されることをテーマとする初期作品から、自らを精神的に疎外されていると認めつつ社会に生きる場所を見つけていく後期作品へと転換していく。その中間点において、主人公の疎外と社会参加が同時に書かれたものを、『ブライズヘッドふたたび』の特徴として位置づけることが可能である。『ブライズヘッドふたたび』はウォーの前期作品の系譜の中でとりわけ評判を博したものであったと同時に、そのまま後期作品の礎石ともなる文学なのである。

『ブライズヘッドふたたび』は副題『チャールズ・ライダー陸軍大尉の信仰と俗世の思い出（*The Sacred and Profane Memories of Captain Charles Ryder*）』とあるとおり、第二次世界大戦における一人の軍人の回想録の体裁をとっている。チャールズの人生は、18歳でオックスフォード大学に入学した当初から、キャリアを積んだ官僚となる主流派の道に常に背を向けたものだった。また彼は親友セバスチャン・フライト（Sebastian Flyte）の魂の救済にも失敗する。だがオックスフォード大学を自主退学し、画業を生業にしてからの彼は、一転して人生に攻勢をかける者になる。彼はセバスチャンの妹であるジューリア（Julia）と恋仲になり、ジューリアが父親からブライズヘッド邸を相続するという可能性を知ると、彼女と結婚することで壮麗なブライズヘッド邸の当主となる選択に足を踏み入れる。しかし最終的にその野望はジューリアとの恋の終わりと共に破綻し、彼はブライズヘッドを立ち去り、直後に勃発した第二次世界大戦に軍人として身を投じるのである。その大戦のさなか、奇縁により自らの中隊をブライズヘッド邸に駐屯させることになったチャールズは、兵たちによって見る影もなく汚された屋敷を巡り歩き、かつての思い出を呼び覚ます。これが『ブライズヘッドふたたび』でチャールズがたどる軌跡である。

本論では、チャールズがブライズヘッドとの関わりによって得たものは、諦念だけと言えるかどうかを問う。チャールズがオックスフォードを出発点としてブライズヘッドに残した足跡と、この屋敷の中で彼が果たした役割は何であったのかを探ること、さらに彼が戦時中にローマ・カトリック教会に改宗していることとの関係性を考察した上で、最終的にウォーが確立した文学的テーマにおける『ブライズヘッドふたたび』の占める位置を明確にすることが本論の目的である。その際、召命というローマ・カトリック教会特有の文化に重点を置くこととする。

2. オックスフォード——旅の出発点

『ブライズヘッドふたたび』におけるチャールズの遍歴は、作者ウォーの青年時代のそれと重なる点が多い。とりわけオックスフォード大学時代は二人に共通する最初の活動の場であり、疎外の時代であると同時に人生の出発点でもあった。この章ではオックスフォードにおける作家ウォーと主人公チャールズの経験と思考の経緯をたどり、どのようにその後の活動の基部となっていくのかを考察する。

父は文芸評論家アーサー・ウォー（Arthur Waugh, 1866-1943）、兄は小説家アレク・ウォー（Alec Waugh, 1898-1981）という文学一家に育ったウォーは、パブリックスクールのランシング・コレッジに学んだ後、1922 年にオックスフォード大学に籍を置いた。しかし大学では勉学に身を入れず退学。その後美術学校へ入学、パブリックスクールで教鞭を取るなど転々とした末、小説『大転落（*Decline and Fall*）』（1928）を執筆。爆発的な人気を博し、一気に文壇の寵児に躍り出る。その後戦間期における各地域の紛争や時事問題の諸相を取り入れた小説を次々に発表。小説のみならず、ジャーナリストとしてアフリカ大陸や南米に赴いた旅行記を刊行し、第二次世界大戦前までには政界人物と交友関係を結ぶほど、文筆家としての堂々たる名声を確立した。1930年にはローマ・カトリック教会に改宗している。

第二次世界大戦の勃発直後に書かれた『さらに旗を掲げよ（*Put Out More Flags*）』（1940）では、30代にして初めて世界大戦に接した世代が、ある者はドイツ軍殲滅の夢を追い、ある者はただ受動的に運命を受け入れるままに、機械化された大量殺戮へと突入する様を描いている。そしてウォー自身もまた軍に入り、情報将校としてヨーロッパ戦線を回ることで、空襲と激戦地を体験した。1943年、ウォーはパラシュート訓練中の負傷で休養を余儀なくされる。その休養期間を利用して書いたのが『ブライズヘッドふたたび』であり、この小説にはとりわけウォーのローマ・カトリック教会信仰者である側面が強く表れる結果となった。

ここでウォーのオックスフォード大学時代におけるローマ・カトリック教会再評価の世相について述べる。オックスフォード大学におけるローマ・カトリック教会再興の動きとして最たるものは、1830～1840年代のオックスフォード運動が挙げられる。ジョン・ヘンリー・ニューマン（John Henry Newman, 1801-1890）をはじめとする知識人の主導により始まったそれは、「国教会よりも偉大な原理に立ち返るほかはない」という原理主義に基づく、国教会内部の改革であった（野谷 11）。ニューマンは改革のためにローマ・カトリック教会の原理主義精神が必要であると説いたが、その方法論に批判の声が高まった結果、改革は潰え、ニューマンを含む多くの指導者たちがローマ・カトリック教会に改宗した。

だが同時にこの改革が、当時のロマン主義に強く影響を受けていたこと、その前時代である 18 世紀の啓蒙主義、理想主義精神への反発を内包していたことを忘れてはならない（野谷 16-17）。このカウンターカルチャーとしてのローマ・カトリック教会信仰は、およそ 100 年後に揺り戻しの時期を迎えることになる。

1918 年、オックスフォード大学キャンパスのイエズス会プライベート・ホールがキャンピオン・ホールと改名された。16 世紀の僧侶で、オックスフォード大学出身の唯一のローマ・カトリック教会の聖人かつ殉教者である聖エドマンド・キャンピオン（St. Edmund Campion, 1540-1581）から名を取ったのである。[2] この時から 1920 年代にかけて、オックスフォード大学内で大学関係者が多数ローマ・カトリック教会に改宗するムーブメントがあった。ウォーの知人や知り合いだった者の多くも同様に、このとき改宗を行った。

ウォーはこのムーブメントからは距離を置いていたが、1920 年代に貴族の子弟アラステア・グラハム（Alastair Graham, 1904-1982）という同級生と親交を結び、彼との友情の中でローマ・カトリック教会信仰に深く触れるようになった（アラステアは 1924 年にローマ・カトリック教会に改宗している）。アラステアは自邸バーフォード・ハウスにしばしばウォーを招き、ウォーは彼の家族とも親交を持った。この事実は『ブライズヘッドふたたび』中のチャールズとセバスチャンの友情の描写に影響を与え、事実『ブライズヘッドふたたび』の草稿では、セバスチャンの名前の代わりにしばしばアラステアの名前が挿入されていた。[3]

1930 年 9 月にウォーはローマ・カトリック教会へ改宗し、人々を驚かせる。前述のとおり当時の英国にオックスフォード大学を中心としてローマ・カトリック教会再興のブームがあったことは事実であるが、ウォーの改宗はそのブームに乗ることではなく、同時期彼自身がキリスト教の根幹の存在意義を問い直していたことにあったと考えられる。ウォーのキリスト教に対する考えと姿勢をここで確認しておくと、彼が師事したのは知人を介して知り合ったマーティン・ダーシー神父（Martin D'Arcy, 1888-1976）だった。[4]そのダーシーが "I have never myself met a convert who so strongly based his assents on truth"（Phillips 54）と述懐したほどに、ウォーが重要視したのは真実、あるいは西洋文明の根源に対する追求意識だった。改宗に先立つ 2 ヶ月前の、ウォーからダーシー宛の書簡には、以下のように彼の心情が吐露されている。

> . . . As I said when we first met, I realize that the Roman Catholic church is the only genuine form of Christianity. Also that Christianity is the essential and formative constituent of western culture . . . .（qtd. in Phillips 54）

伝記作家セリーナ・ヘイスティングス（Selina Hastings）は、

ウォーの "a profound antipathy towards the barbarous modern world" が、過去 2000 年もの間野蛮なるものへの対抗として継続してきたローマ・カトリック教会を、西洋文明の基盤と見なすにいたらしめたと考察している（229)。さらにウォーは、同年 10 月、自らの改宗について記した新聞記事「ローマ・カトリック教会に改宗して――なぜそれが私に起こったか（"Converted to Rome: Why It Has Happened to Me"）」で、以下のように述べている。

> It seems to me that in the present phase of European history the essential issue is no longer between Catholicism, on one side, and Protestantism, on the other, but between Christianity and Chaos. It is much the same situation as existed in the early Middle Ages. In the sixteenth and seventeenth centuries conflicting social and political forces rendered irreconcilable the division between two great groups of Christian thought. In the eighteenth and nineteenth centuries the choice before any educated European was between Christianity, . . . and, on the other side, a polite and highly attractive scepticism [sic]. So great, indeed, was the inherited subconscious power of Christianity that it was nearly two centuries before the real nature of this loss of faith became apparent.
>
> Today, we can see it on all sides as the active negation of all that western culture has stood for. Civilization . . . has not in itself the power of survival. It came into being through Christianity, and without it has no significance or power to command allegiance.（*EAR* 103-04）

この文章内で、ウォーはキリスト教に対立するものとして混沌（chaos）を置くことは初期中世の時代に行われていたことだと言う。16〜17 世紀（英国内戦と清教徒革命時代）は、キリスト教内部の二つの思想対立の時代だった。18〜19 世紀は、少なくともヨーロッパの知識人にとって、キリスト教と対立するものは懐疑主義だった。そして 20 世紀の今また、第一次世界大戦を経験したヨーロッパ社会は道徳倫理を失った混沌の状態にあり、それに対抗できるものは、初期中世時代にヨーロッパ文明の基礎を形づくり、混沌に対立した、ローマ・カトリック教会しかないという考えである。ウォーが改宗に際して発表した思想はこのようなものであった。以後彼は小説という媒体を通して、生涯にわたりその思想と、20 世紀のイギリス人の生き方との関わりを突き詰めていく。

次に、小説の主人公であるチャールズの生育環境とオックスフォード大学時代についてたどる。彼自身の語るところでは、チャールズの母は第一次世界大戦時、彼が幼い頃、赤十字の看護師として従軍したセルビアで死亡した。それ以来父親は、チャールズの言によると “rather odd in the head ever since”（34）という状態になり、ロンドンの自宅で隠遁生活にふけっている。だがこれは単純な落ち込みというよりも、自分のテリトリーである自宅に他人を入れまいとする鬱屈した攻撃性として性格の表面に表れており、それをチャールズは 18 歳になって初めて理解して驚く。よってチャールズが家庭に居場所を持たない青年であり、常に自分の所属する世界を外部に求めざるを得ない疎外された人生を送っていることは、分析において重要である。

1922 年にオックスフォード大学に入ったチャールズを、従兄のジャスパー（Jasper）が案内する。四年生でクラブの書記と学生会の会長を務め、文武両道のスポーツマンであるジャスパーは、あるべきオックスフォード大学生の模範と言うべき学生であろう。現に彼が言う、「最高の講義を取れ」「常にスーツを着ろ」「有名なクラブで講演して、弁論団体（ユニオン）に入る地固めをしろ」(21-22）などの忠告は、単に成績優秀でいるようにということを飛び越え、大学卒業後のキャリアに一年生の時から備えるべきであるという諫言である。そして彼は最後に"'Beware of the Anglo-Catholics — they're all sodomites with unpleasant accents. In fact, steer clear of all the religious groups; they do nothing but harm. . . '"（22）と忠告する。

"Anglo-Catholics" に示唆されるものが、19 世紀前半のオックスフォード大学で起こった、オックスフォード運動の後胤であると考えるのは易しい。同性愛についての言及も、オックスフォード運動の参加者にかけられた悪罵にもとづく、強い結束で結ばれた少数派への平凡な罵倒と言える。それを踏まえての「宗教に熱心な連中には近づくな」という忠告は、英国人社会の多数派としてプロテスタントの信仰を持ち、成人後は法曹界や政界に打って出るべきと考える者にとっては当然のものだろう。

これらの忠告に対し、過去を回想中のライダー大尉、つまり後年のチャールズは "I do not know that I ever, consciously, followed any of this advice"（22）と言う。一見、単に優等生コースに背を向けただけと聞こえるこの言葉には、同時に彼自身の美学も感じ取れる。なぜならジャスパーの忠告のしめくくりは、「(一階の部屋は厄介な奴らのたまり場になりがちなので）引っ越せ」だったのだが、チャールズが頑として動かなかった理由は、窓の下にアラセイトウが生えており、夏の夕方には部屋がその香りでいっぱいになった（22）からだった。この時すでにチャールズは、キャリアを築くための努力よりも美を愛する青年であることが読者に示される。それは、ジャスパーの言う、今に学寮じゅうの落ちこぼれたちに無料バーを開いてやることになるにしても、チャールズにはより一層重要なことなのだ。

ともあれ、オックスフォード大学入学初期のチャールズには、すでに思想が見て取れる。それは美しいものへの偏愛であるが、この時点ではまだチャールズ自身、幼稚で通俗的な美的感覚しか持っていなかったことを述懐している。ウィリアム・モリス（William Morris, 1834-1896）の美術品や 17 世紀の綴じ本で部屋が埋まっていたと言えればどんなに良かったろうが、18 歳のチャールズが自慢げに部屋に飾ったのは安物のゴッホ（Vincent van Gogh, 1853-1890）の複製画や一般小説だった（22）。新しい友人と語っている間も、チャールズは "this was not all which Oxford had to offer"（23）と感じていたものの、それが何かは分かっていない段階にあった。

美術についてチャールズが本当に目を開かれたと感じるのは、ローマ・カトリック教会を信仰する貴族の次男セバスチャンとつきあいだして以降である。一旦セバスチャンの友人グループに入った後は、チャールズは次第に前の友人たちとの交際をやめ、セバスチャンとの友情に耽溺していく。オックスフォード大学の唯美家たちとのつきあい、ブライズヘッドで過ごした夏季休暇、セバスチャンの父の住むヴェニスへの小旅行を経るにつれ、チャールズの審美眼は、次第に強固に鍛えられていく。

一年生の終わりにジャスパーに代表されるキャリア思考の学

生たちのグループから離れたチャールズは、セバスチャンと二人きりのブライズヘッドで “I, at any rate, believed myself very near heaven”（71）と述懐する夏休みを過ごす。しかし直後の秋学期から早くも二人の関係は破綻をきたす。セバスチャンの方は、元々あった家族関係のストレスによる飲酒癖が手のつけられないレベルに悪化する。成績低下に直面したチャールズの方は、次第に学生の本分である勉強の世界に戻っていく。さらにセバスチャンの起こした飲酒運転事故が新聞沙汰になり、家族だけでなくセバスチャンの妹の婚約者まで総動員して火消しに追われる不祥事となった結果、セバスチャンに昼夜問わぬ監視がつけられる。チャールズはせめてセバスチャンの味方になろうとするが、チャールズがひそかに渡した金でセバスチャンが飲み歩いていたことが彼の家族に明らかになると、セバスチャンの母はチャールズに、もう自分たち家族に近づかないでほしいと言い渡す。学業と友情に見切りをつけたチャールズは、2年生の夏にオックスフォード大学を去ることを決め、パリの美術学校に入るべく英国を出る。

このように見ると、チャールズのオックスフォード大学時代の生活は、主体的に何事かを求めているというより、常に受け入れるものに見切りをつけ身を引くことのくり返しである。キャリアにも貴族社会にも、そして友情にも結実するものを見いだせなかったチャールズは、ただひとつ自分だけで作り上げられるもの、絵画を生業とする決断を行う。疎外感をつのらせながら、社会的にはいまだ被保護者でしかない自分の弱さに忸怩たる思いでいたのが、オックスフォード大学時代のチャールズと言えるだろう。人生の足がかりをつかむ青春時代の最初の活動の場、疎外と脱出の願望、そしてまだ明確な信仰には至っていないものの、ローマ・カトリック教会あるいはそれを信奉する人々との出会いの場、それが作者ウォーと主人公チャールズにとってのオックスフォードであった。

3. 画家としてのチャールズ

『ブライズヘッドふたたび』について頻繁に行われる指摘は、この小説が作者イーヴリン・ウォーのオックスフォード大学時代の交友関係を原案としていることである。それを認めることはたやすい。前述のようにオックスフォード大学時代のウォーがアラステア・グラハムという同級生と深くつきあっていたこと、アラステアの実家が有名なカントリーハウスであり、彼の家族とも親交があったことは事実である。だがそのことだけでなく、主人公チャールズ・ライダーの人生にウォーの生涯が投影されていることが分かる。それは、現実には小説家だったウォーのもう一つのペルソナ、画業に生きていたかもしれない人生の投影である。ちなみにチャールズの生年と誕生月がウォーと同じであることは作中から判断できる。それはまず単純に、作者の思い出を順序だてて、しかも正確に創作に投影することで、歴史面のリアリティを向上させる効果を生む。

チャールズは、オックスフォード大学一年生時に親友セバスチャンと出会い、その年のうちに家庭問題の内部にまで入り込む。しかし二年生の終わりに大学生活そのものに見切りをつけ、パリの美術学校に入学することは先に述べた。画業を生業にした彼は英国の大邸宅を描く建築画家として名を売った後、南米奥地を探検して現地の風俗を描く。

ウォーもまたオックスフォード大学を中途退学して美術学校に入った。しかしウォー本人はそこでも大成せず、パブリックスクールの教師などをして生計を立てた。だが作家としてデビューする前にラファエル前派の画家ダンテ・ゲイブリエル・ロセッティ（Dante Gabriel Rossetti 1828-1882）論『ロセッティ（*Rossetti: His Life and Works*）』（1928）を上梓し、小説家になってからもしばしば自作品に挿絵を描いていたウォーにとって、画業は完全に途切れさせたいものではなかった。チャールズに小説家の職を与えず画家とした理由は、作者と主人公の不必要な同一化を防ぐと同時に、活動の描写に伴う必要な同一化を満たすためであったと考えられる。事実、チャールズが南米で絵を描いていた 1930 年代初頭は、ウォーがジャーナリストとしてブラジルに行っていた期間（1932〜1933 年）と一致するのである。

これらを前提に、チャールズの職である画業について考える。ウォーが小説家として生涯を全うしたのと同じように、チャールズも画業を自らの天職としていたのだろうか。チャールズの絵の才能は、まずセバスチャンによって見出される。初めてブライズヘッドを訪れた大学一年生の夏、チャールズは手慰みに屋敷の噴水の絵を描く。それを見たセバスチャンは、彼の母親の持ち物だった油絵の具をチャールズに使わせ、それまで物置代わりだった目立たない小部屋の壁画を描かせる。

> The paints gave us the idea of decorating the office; this was a small room opening on the colonnade; it had once been used for estate

> business, but was now derelict, holding only some garden games and a tub of dead aloes . . . . Here, in one of the smaller oval frames, I sketched a romantic landscape, and in the days that followed filled it out in colour, and, by luck and the happy mood of the moment, made a success of it. The brush seemed somehow to do what was wanted of it. It was a landscape without figures, a summer scene of white cloud and blue distances with an ivy-clad ruin in the foreground, rocks and a waterfall affording a rugged introduction to the receding parkland behind. I knew little of oil-painting and learned its ways as I worked.（74）

この無人の風景画は成功したが、次に描いた大掛かりな群像画は成功しなかった。チャールズはこの経験から、己の画才と興味は建築物にあると判断する。チャールズがブライズヘッドにいる間に受けた "an aesthetic education"（72）は、何世紀もの時を越えて伝えられた建築の美であり、家具、テラス、噴水、石像、庭園に至るまで、人造物と自然が調和した造形美への愛をかき立てるものだった。しかし、そこに人間は含まれないのである。

成人後プロの画家となったチャールズが愛したのも、生けるものの美ではなかった。この度チャールズを導いたのは、セバスチャンの兄ブライディ（Bridey）である。ロンドンにある私邸のマーチメイン・ハウスを売り払うことになったブライディは、競売の直前にチャールズに屋敷の絵を描いてほしいと依頼する。チャールズは依頼どおり 4 枚の絵を描き上げ、これが彼の名声を押し上げる発端となる。

> I was normally a slow and deliberate painter; that afternoon and all next day, and the day after, I worked fast. I could do nothing wrong. At the

> end of each passage I paused, tense, afraid to start the next, fearing, like a gambler, that luck must turn and the pile be lost. Bit by bit, minute by minute, the thing came into being. There were no difficulties; the intricate multiplicity of light and colour became a whole; the right color was where I wanted it on the palette; each brush stroke, as soon as it was complete, seemed to have been there always.（204）

チャールズはその絵を描いていた晩を、“I was a man of the Renaissance that evening — of Browning's renaissance”（208）と結論づけている。

マーチメイン・ハウスの絵を発表して成功を収めた後、チャールズのもとには次々に競売にかけられる豪邸を描いてほしいという仕事が舞い込んでくる。1930〜1940年代においては英国の貴族制度とカントリーハウスの衰退は甚だしく、ウォーですら『ブライズヘッドふたたび』の序文に、戦後これほど英国のカントリーハウスが手厚く保護される時代になるとは誰も予想していなかったと吐露している（“Preface” x)。よってチャールズの建築画家という仕事は、戦間期の特異な風潮を示す時代の鏡であった。ウォーが“When the water-holes were dry people sought to drink at the mirage”（212）と書いたように、失われゆくカントリーハウスの絵を人々が求めた結果、チャールズは時代の風に乗って名を上げる。だが次第に彼は、この仕事が好きで技術の鍛錬に役立つものであったからこそ、満たされないものを感じていく。

チャールズは結婚後心機一転を図り、南米のジャングルと古代の廃墟を題材にとる長期旅行に出る。だが仕事中も、そして帰国してからも、チャールズの気鬱は晴れなかった。チャールズのロンドンでの個展は大成功を収めるが、オックスフォード大学時代からの知人であるアンソニー・ブランシュ（Anthony Blanche）は言う。

> '. . . I found, my dear, a very naughty and very successful practical joke. It reminded me of dear Sebastian when he liked so much to dress up in false whiskers. It was charm, again, my dear, simple, creamy English charm, playing tigers.'
> 'You're quite right,' I [Charles] said.（254-55）

ブランシュがセバスチャンの名前を出したのは偶然ではない。子供の頃から世界中を旅して回っていたブランシュは、英国の貴族社会を外部から観察しており、英国文化と美術が致命的に人の精神に与える影響を知っている。チャールズと視点を一体化させ、『ブライズヘッドふたたび』を英国文化の精髄を著した小説として受け取っていた読者は、ブランシュの次の言葉に出会う。

> 'My dear, of course I'm right. I was right years ago . . . . I took you out to dinner to warn you of charm. I warned you expressly and in great detail of the Flyte family. Charm is the great English blight. It does not exist outside these damp islands. It spots and kills anything it touches. It kills love; it kills art; I greatly fear, my dear Charles, it has killed *you*.'（255）

チャールズの画才はすでに死んでいる、それも彼があれほど愛した貴族文化の美に触れた分だけ、もはや彼の絵は、たとえ迫真の筆力でジャングルと古代文明を描こうが、人に期待される上っ面をなぞった絵にしかならなくなっている、とブランシュは言う。それは英国の魅力に出会ってしまった者の運命であり、チャールズの芸術はその魅力に殺されたのだ、というのがブランシュの言い分である。この個展を最後に『ブライズヘッドふたたび』内でチャールズの画業に関する描写は終わる（事実、第二次世界大戦において彼は画業をやめ、一士官として従軍している）。

チャールズの画業の描写についてまとめると、上述のように彼は芸術家としてのウォーの第二のペルソナであり、小説家と登場人物の同一化を果たすために必要な描写だったと言える。しかし最終的にウォーはチャールズの絵を “very successful practical joke”（254）としてまとめ、英国を離れて世界に打って出る才覚を持った芸術家としては書かなかった。それはチャールズの限界ではあるが、同時に彼の個性があくまで祖国の美を愛する一英国人であることを強調している。したがって『ブライズヘッドふたたび』は遍在的な美の物語ではなく、英国というひとつの国のひとつの時代を切り取った物語であることが受け取れる。

個展の後でチャールズは妻と離婚することを決め、セバスチャンの妹であるジューリアの恋人としてブライズヘッドに移り住む。『ブライズヘッドふたたび』の終盤部分は、チャールズがこの不安定な地位を脱し、結婚を利用してブライズヘッド邸の当主を目指す顚末を描き出す。

4. ブライズヘッドのチャールズ

離婚手続きを取ったチャールズは、恋人のジューリアとブライズヘッドで過ごす。ジューリアも現在の夫と離婚協議を進めているが、法的な立場は二人とも既婚者であるため、不倫相手として彼女の実家にいるチャールズの立場は不安定である。ジューリアの兄ブライディは温厚な人物だが、それを倫理的にとがめ、ジューリア自身もキリスト教徒として悩んでいることをチャールズに告げる。そこに長らく信仰を捨ててイタリアで暮らしていた、ブライズヘッドの現当主マーチメイン卿（Lord Marchmain）が帰ってくる。

病をおして帰国した彼はブライズヘッドで闘病生活に入るものの、すでに皆が彼の死を予測している。この時家族間で問題になるのが、卿の遺産の相続である。

実子としてマーチメイン卿の遺産を相続する最有力候補は、行方不明中の次男セバスチャンを除くと、長男のブライディである。しかしブライディの結婚相手の女性を気に入らない卿は、長女のジューリアに全財産を残す計画を立てる。これを聞いた時チャールズの胸にある野望が目覚める。それはジューリアの正式な夫として、堂々とブライズヘッド邸の当主となる未来である。

> It opened a prospect; the prospect one gained at the turn of the avenue, as I had first seen it with Sebastian, of the secluded valley, the lakes falling away one below the other, the old house in the foreground, the rest of the world abandoned and forgotten; a world of its own of peace and love and beauty; a soldier's dream in a foreign bivouac; such a prospect perhaps as a high pinnacle of the temple afforded after the hungry days in the desert and the jackal-haunted nights. Need I reproach myself if sometimes I was taken by the vision?（302）

チャールズと読者の前に、大学時代のセバスチャンと過ごした夢のような世界が再び開く。セバスチャンとの不和と別離、猛烈な仕事への打ち込み、そして離婚の果てに、チャールズがつかむ最後の夢がブライズヘッドにあると思わせる筆致である。ブライズヘッドの主になれる可能性を認識したチャールズはこの後たびたび、ライバルとなるブライディの行動を意識するようになる。とりわけブライディが招いた神父をマーチメイン卿が追い出した時は、"I felt triumphant"（307）と内心を吐露する。ブライディの立場が悪くなったことだけでなく、信仰というフライト一族の精神を縛りつけるものに対して、マーチメイン卿が異を唱えたことが、チャールズは自分の勝利と思えたのである。

この時点までの連続性を概観すると、『ブライズヘッドふたたび』はチャールズがブライズヘッドを遠くから見、次に住まうことで鑑賞し、絵筆を使って一旦は己のものとして作品化し、最後は法的権利を手に入れる寸前まで行くという、ブライズヘッドにかけた彼の欲望の旅と言うこともできる。その過程で彼は邸宅の所有者であるフライト一族と深く関係する一方、一族は次々に相続権から離脱し、屋敷を手に入れる資格があるのは彼と付き合っているジューリアのみという状況になる。仮にチャールズの野望が成就していたら、英国貴族の資産が一人の市民のものになったという結末で『ブライズヘッドふたたび』は終わっていただろう。

しかしマーチメイン卿が死を目の前にして自ら十字を切り、信仰を表明した時、ジューリアもまた信仰ゆえにチャールズと別れることを決断する。ジューリアとチャールズがブライズヘッドで不倫の生活をしていることは、つねに彼女の心の重荷になっていた。彼女はチャールズと正式に結婚することでその良心の呵責から逃れようとしていたのだが、最後には、信仰への侮りを隠さない男の妻になることで神への義理を果たすなどという二枚舌に耐えきれないと判断する。彼女に別れを告げられたことでチャールズの運命は一転し、ブライズヘッドを去ることになる。小説中ではジューリアの側からの一方的通告に見えるが、宗教的観点から言えば、真の信仰者ではないチャールズを当主にすることをブライズヘッドの側から拒んだことになろう。

4年後、軍人となったチャールズが偶然ブライズヘッドを訪れた時、彼はすでにローマ・カトリック教会に改宗している。だが時すでに遅く、ジューリアは戦場慰問のためパレスチナへと去り、ブライズヘッドの敷地は駐屯している兵たちにより無残に荒らされている。だがどうにか原形をとどめていたのが、チャールズが昔描いた壁画であった。宿営司令官はその壁画を “the prettiest in the place”（322）と言うが、彼は眼の前にいるチャールズとブライズヘッドの因縁を全く知らない。この様子では、どうやらチャールズの立場は、館の壮麗な歴史にわずかながら最後の美を添えた男として終結するようにすら見える。

しかし本当にそれだけなのだろうか。この小説は、ブライズヘッドの礼拝堂で祈りを捧げてから出てくる、チャールズの次の言葉で幕を閉じる。

> Something quite remote from anything the builders intended has come out of their work, and out of the fierce little human tragedy in which I

> played; something none of us thought about at the time; a small red flame — a beaten-copper lamp of deplorable design relit before the beaten-copper doors of a tabernacle; the flame which the old knights saw from their tombs, which they saw put out; that flame burns again for other soldiers, far from home, farther, in heart, than Acre or Jerusalem. It could not have been lit but for the builders and the tragedians, and there I found it this morning, burning anew among the old stones.（326）

建造者たちの意図や、そこで演じられた悲劇からは遠く離れた何か、自分たちの誰もが当時は考えもしなかった何かが出来していること、埋葬された古代の戦士たちからすれば一旦は消えたと見えた礼拝堂の小さな赤い炎が、再び燃えていることにチャールズは気付く。チャールズとフライト一族の愛情と確執、そしてチャールズがブライズヘッドの当主になるチャンスを失ったというすべての歴史が組み合わさった結果、1943 年のブライズヘッドはほとんどの住人が立ち去り、美しかった屋敷は荒れ放題になっている。だがそれと引き換えに、長い間途絶えていた村人たちのためのミサが再開され、今は陸軍の駐屯地として兵士たちに宿が提供されている。チャールズが果たした役割は、これらの歴史の流れと、フライト一族の離散を見届ける、たった一人の観察者であったということである。

それを自覚したチャールズは、いたずらに感傷にふけることはせず、礼拝堂を出て部下たちのもとに戻っていく。その態度は、部下の兵士の目には “unusually cheerful”（326）と映った。だがそれは奇妙なことではなく、戦時中のブライズヘッドに戻ってくることで、オックスフォード大学時代からの脱出と再訪のサイクルが終了したこと、そして戦後のチャールズは信仰者としての新しい道に満足して入っていくであろうことを意味する。

5. おのおのの召命

作中、セバスチャン・フライトは、親友であるチャールズに、英国におけるローマ・カトリック教会の信徒の生き方について以下のように述べる。

> '. . . I wish I liked Catholics more.' [said Sebastian]
> 'They seem just like other people.'
> 'My dear Charles, that's exactly what they're not — particularly in this country, where they're so few. It's not just that they're a clique . . . but they've got an entirely different outlook on life; everything they think important is different from other people. They try and hide it as much as they can, but it comes out all the time. It's quite natural, really, that they should. But you see it's difficult for semi-heathens like Julia and me.' (80-81)

この "an entirely different outlook on life" とは一体何なのか。物語の大半を不可知論者として生きるチャールズの立場からそれを追う思考の道筋が、『ブライズヘッドふたたび』の軌道として存在し、チャールズの自己疎外から社会参加への転換点につながる糸口を暗示する。この道筋を以下に述べる「召命」と関連づけて論じることで本論のまとめとしたい。

ローマ・カトリック教会において重視される問題は、端的に言えば「召命（vocation）」である。召命とは狭義で言えば、信徒としてキリスト教伝導の職に就くことであるが、広義ではとくに宗教的事象に限定されず、神から受けた使命を果たすことを言う。ウォー自身は後年のエッセイで、“vocation” に関する自身の定義を “He［God］wants a different thing from each of us, laborious or easy, conspicuous or quite private, but something which only we can do and for which we were each created”（*EAR* 410）という形でまとめている。

『ブライズヘッドふたたび』中では、セバスチャンのもう一人の妹コーディリア（Cordelia）がこの単語の意義を説く。

> ‘. . . I hope I've got a vocation.’
> ‘I don't know what that means.’［said Charles］
> ‘It means you can be a nun. If you haven't a vocation it's no good however much you want to be; and if you have a vocation, you can't get away from it, however much you hate it. Bridey thinks he has a vocation and hasn't. I used to think Sebastian had and hated it — but I don't know now. Everything has changed so much suddenly.’（207-08）

一般的には、出家は本人の意志により僧侶となることだと理解されている。しかしコーディリアの言う召命とは、むしろ意志とは無関係に「ならされてしまう」こととして挙げられている。コーディリアは、長兄のブライディが僧職に就くことに挫折したのは「自分では召命があったつもりでいるけど、なかった」からと見ており、次兄のセバスチャンが僧職に就くチャンスは「あったのに、嫌がっていた」からだろうと判断していた。そして自分自身については、「あればいい」と願っている。彼女自身にどれだけ他人へのいたわりがあろうが、献身自体が神に与えられた使命であると実感されないうちは、善行も徒労に過ぎないことを理解しているのである。これを聞かされたチャールズは "this convert chatter"（208）に耐えられなくなり、"'You'll fall in love'"（208）とつっけんどんにコーディリアに言う。恋愛でもすれば女性の思考は変わるという単純な思いつきである。

だがセバスチャンの言っていた "an entirely different outlook on life" こそ、コーディリアの言う "vocation" のことなのであった。アルコール依存症の末にオックスフォード大学を2年で中途退学したセバスチャンは、家族の監視の目を逃れて単身モロッコに渡る。そこでクルト（Kurt）というドイツ人青年と知り合うが、互いにアルコール依存症である二人の同棲は、ただクルトの方が怪我と梅毒を患っているぶん死期が近いというだけで、病人が病人を介抱するどん詰まりの生活だった。だがセバスチャンは喜んでその生活に身を投じ、病人の世話をしてモロッコに骨を埋める心積もりでいる。その決意は、パリから心配してやって来たチャールズを追い返すほどだった。"'［Y］ou don't mean to spend your life with Kurt, do you?'"（201）とたじろぐチャールズに、セバスチャンは "'He seems to mean to spend it with me'"（201）と返す。この言葉に見られるとおり、クルトがセバスチャンを側に置きたがっていることが、セバスチャンがクルトと別れず英国に帰らない最大の理由である。以下がセバスチャンが『ブライズヘッドふたたび』で発する最後の長文の台詞であり、チャールズが ". . . and then he added what, if I had paid more attention, should have given me the key I lacked"（202）と後に述懐する言葉である。

> 'You know, Charles,' he said, 'it's rather a pleasant change when all your life you've had people looking after you, to have someone to look after yourself. Only of course it has to be someone pretty hopeless to need looking after by *me*.' (202)

ここにも召命に関する重要な問題が表れている。召命とは己の才覚の及ぶ範囲内で身を捧げる使命を自覚することであり、例えば他人への過剰な干渉で人の生き方を誤らせることは、本人が聖なる行動だと信じていても召命とは見なされない。セバスチャンにとっては「アルコール依存症に苦しみながら、自分と同じくらい社会に適合できない人間の介護をして、貧困のうちに死ぬ」ことが、過去の地位と名誉のすべてを犠牲にして、自分一人の力でつかんだ召命だった。そして彼が犠牲にすることを選んだ過去には、チャールズと過ごしたブライズヘッドの日々も入っていたのである。

しかしセバスチャンと会話をした時点のチャールズにはまだそれが分からず、二人の別れは相互不理解のまま完結してしまう。チャールズがセバスチャンとその信仰を理解するのは、さらにジューリアとの恋に破れ、ブライズヘッドを所有する夢を断念してから後のことである。

以上が『ブライズヘッドふたたび』で書かれる召命の定義とその一例である。勿論この問題はセバスチャン一人で収まるのではなく、ローマ・カトリック教会の信仰者であるフライト一族（4人兄妹と両親を合わせて6人）全員にのしかかる生涯の命題である。だがウォーは、彼らの命題について、読者に分かりやすい解答を与えることはしない。ただ6人のうち、チャールズに最も大きなヒントを与えたのがセバスチャンであったと言うのみである。その解答の理解は、セバスチャンと別れたチャールズが行うべきものであり、読者もまたチャールズの回想を追いながら思考を続けることになる。そしてこの課題を成し遂げ、前章で述べた観察者としての役割を果たすことが、チャールズ自身の、この作品における召命と言えるのではないか。

6. 結論

召命の問題は、『ブライズヘッドふたたび』で完結するものではない。なぜなら『ブライズヘッドふたたび』発表以降、ウォーはこの問題についてより一層考察を深め、小説内の重要なテーマとして扱うようになるからである。そのためには信仰者自身を主人公に据えることが必要であった。その例が、イエスがかけられた十字架の残骸を発見した聖女を書いた『ヘレナ（*Helena*）』（1950）である。『ヘレナ』でウォーは、一人の古代人の女性が「生涯をかけて成すべき使命」を自覚する精神的遍歴を、歴史小説の形で書く。

これに成功した後、ウォーは再度小説の舞台を現代にさだめ、戦後英国の政治的転換や社会変化を扱った短編・中編を発表する。そして『ブライズヘッドふたたび』から20年後、その精神的続編として読める三部作の戦争小説『名誉の剣（*Sword of Honour* Trilogy）』（1965）を、自身の死の直前に完結させた。

『名誉の剣』においてウォーは、あるローマ・カトリック教会信徒の英国貴族が、将校として第二次世界大戦に従軍する様を書いた。この小説においてもまた、己の才覚の及ぶ範囲内で果たすべき使命を探求することが、戦時に英国を覆っていた強硬なヒロイズムとの落差の形で書かれている。しかも戦間期のロマンティシズムを残す『ブライズヘッドふたたび』と違い、『名誉の剣』では、大戦という世界規模の狂乱の中でその落差がとめどなく拡大する悲劇が描き出される。

一方、病人が病人を介護して共倒れとなり、不倫の恋が破綻する『ブライズヘッドふたたび』の世界観は、大量虐殺のリアリズムと惨劇を経験した戦後世界から振り返れば、華やかだが感傷的な悲劇小説に過ぎないかもしれない。しかしウォーにとって生涯最も重要視したテーマである召命の問題について、初めて明瞭に提起したのが『ブライズヘッドふたたび』であったことは間違いない。『ブライズヘッドふたたび』はウォーの上流階級小説の終わりにして、戦争小説と信仰小説の出発点となった作品である。

注

1：この企画はウォー自身が渡米して制作に臨むほどだったが、完成することはなかった。

2：後にウォーは『エドマンド・キャンピオン—ある生涯（*Edmund Campion: A Life*）』（1935）を執筆している。

3：Brennan（82）、Byrne（306）。ただし Byrne はセバスチャンのモデルは別の男性だったと示唆している。

4：マーティン・ダーシーはローマ・カトリック教会内の修道会であるイエズス会会士。前述のキャンピオン・ホールのマスターを 1933 年から勤めた。

第五章　インクリングズのオックスフォード
——英国ファンタジーが生まれた場所

野田　ゆり子

“That en’t right,” she said. [⋯]
“This is a different Oxford.”
(Philip Pullman *The Subtle Knife* 70)

1. 序文

「20 世紀文学の主流は空想物語である。」中世研究家でありファンタジー研究家のトム・シッピーはそう述べている (Shippey vii)。[1] 20 世紀の作家たちが生み出したファンタジーは、子どもから大人まで読み継がれており、現代においてもあらゆる媒体で再生産され続けている。20 世紀の大量虐殺、大量破壊、死の恐怖は、同時代の作家たちをファンタジーというジャンルに向かわせ、結果的に文学の地平を開拓し、今日におけるファンタジーの原形を作り上げるに至った。

特に、数多くのファンタジー作家たちを輩出したオックスフォードは、ファンタジーの聖地として知られる。C. S. ルイス（C. S. Lewis, 1898-1963）、J. R. R. トールキン（J. R. R. Tolkien, 1892-1973）、アラン・ガーナー（Alan Garner, 1934-)、ダイアナ・ウィン・ジョーンズ（Diana Wynne Jones, 1934-2011）、フィリップ・プルマン（Philip Pullman, 1946-）など、オックスフォードにゆかりのある20世紀のファンタジー作家たちは枚挙にいとまがない。中でも、オックスフォードのファンタジー作家の代表的な存在であるルイスとトールキンが、インクリングズと呼ばれる非公式の文学サークルに所属し交流を深める中で、『ナルニア国物語』や『指輪物語』を生み出すに至ったことは注目に値する。20世紀のオックスフォードは、彼らにファンタジーを生み出す豊かな土壌を提供したのである。

オックスフォードの地域性は、ファンタジーというジャンルの発展に少なからず寄与している。安藤は、オックスフォードのあらゆる場所に過去の記憶が根付いていることと、ファンタジーがその特質上、妖精物語や民話など過去に志向した文学ジャンルであることは、無関係ではないと指摘している（『ファンタジーと英国文化』205）。オックスフォードは伝統と格式を重んじる大学街であると同時に、20世紀以降、近代的な商工業都市として発展してきた。世俗的な街の喧騒と中世的なコレッジ内部の雰囲気が、ファンタジー文学において不可欠な、現実と非現実の二面性を与えているのだという（207-08）。こうしたオックスフォードの現実と非現実の二面性は、過去と現在の対照性とも言い換えられるだろう。安藤が指摘する通り、コレッジの外側には近代化によって刻々と変化する街があり、コレッジの内側には古代の文学・言語研究に勤しむ教員や学生がいた。人生の大半をオックスフォードで過ごし、ファンタジー文学の旗手となったルイスとトールキンもまた、オックスフフォードの過去と現在の鮮烈な対照性を目の当たりにしていた。オックスフォードという街が二人の想像力に決定的な影響を与えたとは言いがたいが、オックスフォードが英国および世界を映し出す鏡となり、ナルニアと中つ国の創造に寄与した可能性について論じる価値はあるように思われる。本稿は、同時代のオックスフォードの工業化に着目し、過去と現在の対照性が際立つオックスフォードが、ナルニアと中つ国の創造に与えた影響を探るものである。[2]

2. 古代への憧れとオックスフォードの工業化

20 世紀のオックスフォードは、大学街であると同時に重工業で急速な発展を遂げた。特にイギリスの自動車産業を担ったウィリアム・R・モリス（William R. Morris, 1877-1963）の事業展開は、オックスフォードを過去と現在の共生する街へと変貌させた。ルイスとトールキンは、オックスフォードの変化を通して、本来の価値や美が機械によって急速に損なわれていく時代の到来を目撃していた。本節では、ルイスとトールキンの作品が生まれた背景を、オックスフォード大学の内（インクリングズ）と外（工業化する街）の二つの観点から論じる。

中世学者のルイスと文献学者のトールキンを引き合わせたのは、古代への憧れであった。[3] ルイスがトールキンを初めて意識したのは 1926 年 5 月 11 日のことである。ルイスの日記には、英語の予備試験について話し合った時のトールキンの印象が記されている。

> [Tolkien] is a smooth, pale, fluent little chap – can't read Spenser because of the forms – thinks the language is the real thing in the school – thinks all literature is written for the amusement of *men* between thirty and forty – we ought to vote ourselves out of existence if we were honest – still the sound-changes and the gobbets are great fun for the dons. No harm in him: only needs a smack or so. His pet abomination is the idea of "liberal" studies. Technical hobbies are more in his line.（*All My Road Before Me* 393）

27歳のルイスが、34歳の若手教授トールキンに対して抱いた第一印象は、必ずしも良いとは言えない。これは当時トールキンがオックスフォード大学の英語教科内容を変革しようと目論んでいたことに起因しているようである。オックスフォード大学の英語英文学優等課程は、19世紀末に設立されて以降、「古代と中世のテクストと言語を中心に据えるべきで、現代の文学を扱うのは最低限にすべき」という一派と、「古代から現代までの英文学の全体像を学ぶべき」という一派に分断されていた。トールキンは前者の立場を取り、現代文学の学習時間を縮小するシラバス修正案を提出したのである。中世学者のルイスは極端にチョーサー以降の文学を軽視するトールキンの態度を認められず、提案に反対票を入れていた（Carpenter *The Inklings* 24-27）。このシラバスをめぐる派閥争いに、トールキンの創造と学術的立場の融合が認められる。後述の通り、トールキンが目指していたのは神話の創造であり、古代の神話は彼に霊感を与え続けた。ゆえに、オックスフォード大学の学生であれば指導がなくとも読めるはずの現代文学ではなく、古代の言語や文学にまつわる専門的知識に注力すべきだと考えたのである。

ルイスとトールキンの友情を育み、後のインクリングズ発足の基盤を形成したのは、「コールバイターズ」と「ケイヴ」である。コールバイターズは、1926 年にトールキンが設立した、アイスランドのサガや神話を読むための教員向けの読書会である。[4] 古北欧語（古アイスランド語）をシラバス修正案の中で重視していたトールキンは、自分の同僚たちにアイスランド語を学ぶ楽しさを示そうとしていた。このグループ名のアイスランド語名は "kolbíter" であり、「冬に暖炉の傍でくつろぎ、石炭を齧る男たち」を意味する。ルイスはアイスランド語には通じていなかったものの、1927 年 1 月にはコールバイターズに参加し、子ども時代から魅了されていた北欧の物語を原文で読むことができたことに手ごたえを感じていたようだ（Carpenter *The Inklings* 27)。それは、ルイスがかねてから感じ、自らのファンタジーにも描き込んだ「憧れ」の源泉を辿る旅でもあった。主要なサガとエッダを読み終えた後、1933 年には解散となったが、コールバイターズは北欧への情熱を分かち合う場となり、二人の友情とファンタジー文学の基盤を形成したのである。

コールバイターズと比較すると、ケイヴはやや政治的な傾向を持つ集会だが、同じ志を持つ者の集まりとしてインクリングズ結成の一端を担っている。1931 年、トールキンのシラバス修正案が正式に大学に受け入れられた。この学内の派閥争いには、コールバイターズでの交流を通し、トールキンの意見に同調するようになったルイスの功績が大きかったとされている（Carpenter *The Inklings* 55)。だが、このシラバス再編に不満を抱く教員も少なくなかった。こうした派閥に対抗するため、同年、ルイスとトールキンが複数の同僚と共に結成したのが、非公式のグループのケイヴである。グループ名の由来は、サムエル記においてダビデが反乱軍を集めたアドラムの洞窟である。ケイヴのメンバーには、後にインクリングズのメンバーとなる、ヒューゴ・ダイソン（Hugo Dyson, 1896-1975）やネヴィル・コグヒル（Nevill Coghill, 1899-1980）も名を連ねていた。ケイヴは新しいシラバスを保持していくという目的を持ちながらも、インクリングズと同様互いに楽しい時間を過ごす場でもあり、インクリングズ結成後の 1940 年頃まで存続していたとされている（Carpenter *The Inklings* 56)。

インクリングズの前身となったのは、当時学部生だったエドワード・タンギー・リン（Edward Tangye Lean, 1911-1974）が結成した「インクリングズ」であった。このグループの集会では、学部生だけでなく教員も参加し、互いの未発表の作品を読み上げ、コメントや批評をし合った。トールキンもこの集会で自身の原稿を発表している。しかし、タンギー・リンがジャーナリズムと放送の道に進むことになり、この集会は 1933 年には一旦終わりを迎えることになった。その後、インクリングズは、モードリン・コレッジのルイスの部屋にやって来る友人たちの集まりを指す呼称として引き継がれた。タンギー・リンの集会が破綻してすぐ、インクリングズの集会が始まったとトールキンは仄めかしているようだが、正式な記録は残っていない（Carpenter *The Inklings* 67)。[5]

インクリングズの始まりには諸説あるが、1930 年代半ばには非公式の文芸サークルとして始動していた。毎週木曜日の夕方にはモードリン・コレッジのルイスの部屋で、そして火曜日の午前から午後にかけてはパブのバード・アンド・ベイビーで集会が行われていた。[6] インクリングズは、文学や神学に関心を寄せる友人、家族、同僚が集まり、互いの未発表の原稿を読み、批評し合う場だった。主な参加者は、サークルの中心的存在であったルイスをはじめ、トールキン、ダイソン、コグヒル、チャールズ・ウィリアムズ（Charles Williams, 1886-1945）、コリン・ハーディー（Colin Hardie, 1906-1998）、オーウェン・バーフィールド（Owen Barfield, 1898-1997）、ウォレン・ルイス（Warren Lewis, 1895-1973）らである。インクリングズにはいかなる規約も存在せず、ただ文学的関心を共有し書いたものを批評し合う、友人の集まりに過ぎなかったとされている（Green and Hooper 163）。インクリングズのメンバーであった医者のR. E. ハーヴァード（Robert Emlyn 'Humphrey' Havard, 1901-1985）は、伝記作家ハンフリー・カーペンターへの手紙の中で、この集会が、当時の参加者が考える以上に重視される傾向にあると指摘したほどである（Carpenter *The Inklings* 161）。実際、インクリングズはオックスフォードを基盤とする無数のサークルの一つでしかなかったのかもしれない。ルイスもトールキンも友人との語らいを大切にしており、インクリングズだけでなく、コールバイターズやケイヴをはじめ、あらゆるサークルや集会に参加していた。しかし、二人がかつて、コールバイターズを経て古代の想像力に情熱を燃やしたからこそ、20 世紀のオックスフォードでファンタジー文学が花開いたというのは、まぎれもない事実である。だからこそ二人が所属していたインクリングズは、今も研究者や読者の関心の的となり続けているのである。

ルイスとトールキンの関心が教育者としても作家としても古代へ向く間に、オックスフォードは静かな大学街から、自動車産業を牽引する街に変貌しつつあった。ウィリアム・R・モリス、後のナッフィールド子爵（Lord Nuffield）は、1877年10月10日にウスターに生まれ、3歳の頃にオックスフォードのヘディントンに移り住んだ。16歳で学校を出た後は、大学には通わず、自転車製造・修理見習いとして働き始める。モリスは元々医学に関心を持っており、子どもの頃は外科医になることを夢見ていたが、外科医になるための資金がなく、代わりに機械工を目指したという（Leasor 13-14）。[7] 16歳の頃には独立したが、当時のオックスフォードの自転車人気と彼自身の腕の良さも相まって、ビジネスは好調だった。オートバイ事業でも成功し、1910年には自動車製造に着手した。当時の英国において、自動車は外車が多く、それを所有していることは富の象徴でもあった（23）。そのため、1912年にモリスが売り出した175ポンドで購入できる手頃な自動車は、中産階級の人々の関心を引くこととなった。オックスフォードで生まれたこともあって、モリスは最初の自動車を「モリス・オックスフォード」と呼んだ。オックスフォードのカウリー・ロード沿いの古い軍事学校を自動車工場として使用し、そこで作られたより安価なモデルは「モリス・カウリー」と呼ばれた。1920年代から1930年代にかけて事業は発展し、かつての学問の街は重工業の街へと姿を変えていった。

トールキンとルイスも、オックスフォードの工業化を通して、機械に侵食される世界を目の当たりにしていた。トールキンはモリスの車を2台所有したことがある。1932年に購入したモリス・カウリーは、「ジョー」と名付けられた。ジョーの運転中に起こったトラブルから、子ども向けの絵本『ブリスさん（*Mr. Bliss*）』（1982）が生まれた。[8] 2代目のモリス・カウリーは、第二次世界大戦初めまで使用されていたが、自動車と道路が景観破壊につながることを案じ、その後トールキンが車を所持することはなかった（Carpenter *J. R. R. Tolkien* 162）。1960年代に書かれたとされる未発表の寓話『ボヴァディウムの終焉（*The End of Bovadium*）』は、ヴァシプラタムの悪魔によって作られた自動車がボヴァディウムを破壊するという物語だが、ヴァシプラタムの悪魔はモリスとカウリーの自動車工場を、ボヴァディウムはオックスフォードを表象しているとされる（166）。自然を愛する樹木愛好家のトールキンにとって、モリスの自動車は破壊や悪魔のイメージと強く結びついていたのである。

　ルイスもまたオックスフォードにおけるモリスの自動車産業には批判的であった。ルイスは元々、当時の交通機関の発展を「空間を無に帰す」として厳しい目を向けていた（*Surprised by Joy* 157）。1954年に、ケンブリッジ大学モードリン・コレッジにて中世・ルネサンス期文学の教授に就任し、オックスフォードとケンブリッジを行き来する日々を送ることになった彼は、1955年12月5日、アメリカ人の友人エドワード・アレンへの手紙で、新しいコレッジの環境を「ナッフィールドによって破壊された、産業化したオックスフォード」と比較している（qtd in. Green and Hooper 367）。[9] この手紙から、オックスフォードが直面した危機の大きさを改めて実感しているようにも思われる。日々大量に生産されるモリスの自動車は機械化する社会の象徴であり、それは一部の大学関係者にとって決して好ましい光景には映らなかったのである。

大学という閉鎖的な環境に身を置いていたルイスとトールキンにとって、オックスフォードの街は世界との重要な接点であった。彼らは、真実は文学にのみ見出されるとして、ニュースに関心を持たず新聞をあまり読まなかったと言われている（Carpenter *J. R. R. Tolkien* 121）。世界情勢からあえて距離を取ろうとした二人にとって、街そのものの変化が時代の変化を知らせるニュースの役割を担った。オックスフォードの自動車産業の興隆は、彼らに機械化と効率化の時代の到来を知らせた。インクリングズは、非公式の文学サークルに過ぎなかったとは言え、こうした時代の変化の波に抗う砦のような場所であったと言っても過言ではない。機械化へと歩を進めるオックスフォードの姿は、彼らの想像力を過去へと向かわせる原動力の一つになったのである。

3. ファンタジーとは何か：ルイスとトールキンの定義

現代において、文学ジャンルとしてのファンタジーは、魔法、妖精、架空の生物など現実には存在しないものや、実際には起こらないはずの出来事を、目に見える形で提示する作品とみなされる。「ファンタジー」の語源 “fantasia” は、ギリシャ語で「見えるようにする」を意味し、かつては心理学用語として用いられてきた。ファンタジーが「想像力、実際には存在しないものの心的表象を形成する過程、またはその能力」（“fantasy”

4a）を意味するようになったのは近世以降であり、この定義が後のファンタジー文学の基盤となった（Baker 79)。20 世紀になって初めて、雑誌『ファンタジーと SF 小説（*The Magazine of Fantasy and Science Fiction*）』（1949）がファンタジーという語を文学ジャンルとしての意味合いで使用したとされている（“fantasy” 4f)。『ナルニア国物語』や『指輪物語』が世に送り出された 1950 年代は、まさに文学ジャンルとしてのファンタジーの黎明期だったのである。

ジャンルとしてのファンタジーの歴史は長くないものの、このジャンルが包摂する作品は広い。ピーター・ハントが示している通り、ファンタジーは、私たちが共通して現実と認める「コンセンサス・リアリティ」から逸脱したテクストとみなされる（Hunt 271)。こうした「コンセンサス・リアリティ」の逸脱方法は多様であり、例えば、異世界を舞台にしたファンタジー、SF と同化したファンタジー、夢の世界を描いたファンタジー、異世界と現実世界を往来するファンタジー、動物が登場するファンタジーなど、あらゆる作品がファンタジーとして分類される。この広大なジャンルを区別するため、架空の世界を舞台にした物語を「ハイ・ファンタジー」、現実の世界で起こる不思議な物語を「ドメスティック・ファンタジー」と定義することもある（Hunt 271)。ルイスとトールキンもまたファンタジーを独自の観点から定義しているが、二者の作品に違いが見られるように、その定義も異なっている。本節では、ルイスとトールキンの作品を論じるにあたり、二者のファンタジーの定義の違いを、しばしばファンタジーを論じる上で用いられる、コールリッジ（Samuel Taylor Coleridge, 1772-1834）の「積極的な不信の停止」の概念から検討していく。

ルイスは、トールキンよりもファンタジーを広義的に扱い、あらゆる作品を包摂する語として用いている。ルイスによると、中世における「ファンタジー」とは、魂の働きの一つであった。「感覚的霊魂」には10の「感覚」あるいは「識」があり、これらは、外交的な5つの感覚（視覚、聴覚、嗅覚、味覚、触覚）と、内向的な5つの識（記憶力、判断力、想像力、空想力、共通感覚）に分けられる。内向的な5つの識の一つに数えられるのが「空想力」であり、コールリッジによって地位を転倒されたものの、かつては「想像力」よりも高い地位を占めていたという（*The Discarded Image* 161-62）。[10]『批評における一つの実験（*An Experiment in Criticism*）』（1961）においては、ルイスは「ファンタジー」を文学用語と心理学用語に分類している。ここでルイスは、文学用語としてのファンタジーを「あらゆるありえないこと、超自然的な出来事を扱う物語」（50）と、極めて広義的に扱っている。ファンタジーの例として挙げられているのは、コールリッジの『老水夫（"The Rime of the Ancient Mariner"）』（1798）、ケネス・グレアム（Kenneth Grahame, 1859-1932）の『たのしい川べ（*The Wind in the Willows*）』（1908）、アプレイウス（Apuleius）の『変身譚（*Metamorphoses*）』など多様であり、ルイスはこれらの作品に共通しているのは「空想的」であることだと述べている（*An Experiment in Criticism* 50）。ルイスのように、ファンタジーを不可能で超自然的な出来事を扱う、空想的な物語として解釈するならば、その定義は神話、民話、寓意、妖精物語など、あらゆる物語を包摂し得る。[11]

ルイスは更に、心理学用語としてのファンタジーの定義を通して、ファンタジーを読む行為について明らかにしている。『批評における一つの実験』の中で、心理学用語としてのファンタジーは「妄想」、「病的な夢想」、「正常な夢想」の 3 種類に分類される。「正常な夢想」とは、一時的な休暇のように適度に短時間において楽しまれるものであり、他の外交的な活動に従属する。この「正常な夢想」は、「主我的」と「無我的」に分別される。[12]「主我的」な夢想は、常に自分自身が主人公であり、その夢想が自身の成功にまつわる夢想である一方で、「無我的」な夢想は、自分自身がその夢想の主人公であるどころか、その夢想の中に自己を置くことさえない。ルイス曰く、非文学的な人たちは「主我的な」読み方をし、登場人物に自己投影したり、感情移入したりすることを必要とする。特に出世物語や恋愛物語などに耽溺する読者は、読書している間に自己を自己から切り離すことはない。こうした夢想を心理学者たちは「ファンタジー」と呼ぶが、興味深いことにこうした夢想家は文学ジャンルとしてのファンタジーを好まない。自分自身にもこうしたことが起こるかもしれないという願望を充足させてくれない作品は、「主我的」な読書の目的にそぐわないためである（*An Experiment in Criticism* 50-56）。

このようにルイスは、自己中心的な夢想を充足する物語を、忘我的な境地へと導くファンタジー文学と区別している。ファンタジーを読む時、読者は「積極的な不信の停止」を行い、テクストの蓋然性や真実味に対する不信感をあえて宙づりにすることによって、作者の作り出した世界に共感するとみなされている。[13] この概念については、ルイス自身、「ホールデーン教授への返答（"A Reply to Professor Haldane"）」の中で、自身の SF 3 部作を擁護するにあたり、"I needed for my purpose just enough popular astronomy to create in 'the common reader' a 'willing suspension of disbelief'"（*Of Other Worlds* 120）と、読者がファンタジーや SF 作品を読むために「積極的な不信の停止」を行うことは自明であるように述べている。ルイスの言うところの「主我的な」読み方をする非文学的な読者は、現実世界における自分自身を切り離すことができないため、ファンタジーを読む際に驚異的なものや超自然的なものに対する不信を停止することができない。対して、「無我的な」読み方をする文学的な読者は、登場人物に自分を投影したり、感情移入したりすることを必要としないため、現実世界における「コンセンサス・リアリティ」と作品内で起こる驚異的な出来事がいかに乖離していようとも、柔軟に不信を停止することができるのだと言える。

一方、トールキンは、『木と木の葉（*Tree and Leaf*）』（1964）の中で、「積極的な不信の停止」は、物語を読む時の「文学的に信じる行為」と同義で扱われてきたものの、この表現は読者の心的現象を適切に表していないとする。[14] 作家、あるいはトールキンが言うところの「準創造者」は、人間の精神が入っていくことのできる「第二の世界」を作り上げる。こうして作られた「第二の世界」は、その世界の内部においては真実であるが、あるきっかけで読者に不信が生じた場合、魔法は解けてしまい、読者は「第一の世界」に引き戻されてしまう。物語を続行して読み続けなければならない場合、読者は不信の停止を強いられるが、それは大人がよく用いるごまかしに過ぎない。

大人がこうした物語を好むのであれば、物語を読む時にわざわざ不信を停止させる必要はなく、ただ信じるはずなのである。ここでトールキンは、大人が妖精物語を読む時に、義務的に不信を停止することと、文字通り信じることを区別している。この観点から、子どもは大人よりも空想的なことを信じやすい傾向にあることを認めているものの、その一方で、妖精物語を子どもと結びつけるべきではなく、その妖精物語に文学的価値があるのであれば、それは大人のために書かれ、大人によって読まれるべきなのだと主張する（*Tree and Leaf* 37-43）。

トールキンは、妖精物語が独自に与えてくれるもの（空想、回復、逃避、慰安）の一つに「ファンタジー」を挙げている。心象を作り出す「想像力」と「準創造」を繋ぎ、「第二の世界」の内的な首尾一貫性を与えるには、「技巧」という別の能力が必要である。こうして、準創造的技巧と、心象から派生した表現における奇妙さや驚異の性質を包摂する語として、「ファンタジー」という語が用いられている。このように定義した上で、トールキンは、「第一の世界」に存在しないものをとらえるという観点から見て、ファンタジーは高等な芸術形式であり、最も純粋に近く、最も強力なものになり得るという。トールキンは、こうしたファンタジーを、創造主によって創造された人間の権利とみなした（*Tree and Leaf* 46-56）。

ファンタジーについて、ルイスは読者に焦点を絞り、「主我的」な読者は自己の願望（心理学的な意味での「ファンタジー」）を充足させるために物語を読むが、「無我的」な読者は自己を自己から切り離してファンタジーを楽しむことができるという（Lewis *An Experiment in Criticism* 50-56）。いわば、「無我的」な読者は、「積極的な不信の停止」を行い、作者の空想世界に入り込んでいくことができると言える。だが、トールキン曰く、もしも「準創造者」が作り出す「第二の世界」を読者が心から信じられるのであれば、この時の読者の心的状況を「積極的な不信の停止」とみなすのは適切ではなく、単純にその「準創造者」が良い語り手だということを証明しているだけなのだという。なぜなら、その「第二の世界」は、その内部において首尾一貫している限りにおいて、読者にとって真実として映るからである（Tolkien *Tree and Leaf* 37）。ルイスがファンタジーを「空想的な」作品として広義に定義づけるのとは異なり、トールキンはファンタジーを、想像力によって作り出された心象を、準創造的な技巧をもって「第二の世界」へと昇華したものとして、極めて限定的に定義する。[15] こうしたファンタジーの定義の違いは、現実世界とナルニアの往来を通して読者をゆるやかに異世界へと誘うルイスと、中つ国の神話、歴史、言語の細部に至るまで描き込んだトールキンの創作態度の違いと無関係ではないだろう。

4. ナルニアとオックスフォード：ルイスの「憧れ」と過去

1956 年、ルイスは物語の始まりについて以下のように語っている。「すべては、イメージから始まったのです。傘をさしたフォーン、そりに乗る女王、偉大なライオンのイメージから」（*Of Other Worlds* “Sometimes Fairy Stories May Say Best What's To Be Said” 57）。そのイメージは、1950 年代を代表する『ナルニア国物語（*The Chronicles of Narnia*）』（1950-1956）へと結実していった。[16] 本シリーズは、『ライオンと魔女（*The Lion, the Witch and the Wardrobe*）』（1950）、『カスピアン王子のつのぶえ（*Prince Caspian*）』（1951）、『朝びらき丸　東の海へ（*The Voyage of the* Dawn Treader）』（1952）、『銀のいす（*The Silver Chair*）』（1953）、『馬と少年（*The Horse and His Boy*）』（1954）、『魔術師のおい（*The Magician's Nephew*）』（1955）、『さいごの戦い（*The Last Battle*）』（1956）の全7作から成り、現在も世界中で読み継がれている。本節では、最初に出版された『ライオンと魔女』における対照性がもたらす、過去への「憧れ」について論じる。

オックスフォードが過去と現在の対照性を有するがごとく、『ライオンと魔女』は、妖精の世界と人間の世界の対照性を前景化している。以下の引用は、『ライオンと魔女』の冒頭部分である。

> Once there were four children whose names were Peter, Susan, Edmund and Lucy. This story is about something that happened to them when they were sent away from London during the war because of the air-raids.（*The Lion, the Witch and the Wardrobe* 9）

最初の一語である "Once"（「昔」「かつて」）は、妖精物語のお決まりのフレーズ "Once upon a time"（「むかしむかし」）を言い換えたものである（Schakel 39）。この "Once" の後に、ピーター、スーザン、エドマンド、ルーシーという4人の兄弟姉妹の名前が並ぶが、この時点では、物語の時代も場所も子どもたちの素性も明かされていない。"Once" の1語を挿入することによって、この物語が過去の物語であるということ、そして現実においてはあり得ないことが起こり得る、ルイスの示す意味でのファンタジー（妖精物語）であることを前もって示唆しているのである。

一方、冒頭部分の 2 文目以降は、妖精物語らしさが際立つ 1 文目と比較すると、はるかに現実的かつ現代的である。2 文目では、この物語は「空襲のため、子どもたちがロンドンから疎開した時に起こった」と明示されているのである。ここで作品のイメージは覆され、物語の時代、場所、子どもたちの素性が明らかになる。作品の舞台となっているのは、出版年の 1950 年から計算してたった 10 年ほど前に起こった、「ロンドン大空襲」の時代の英国であり、なおかつこの 4 人の子供たちは時代の犠牲となった疎開児童たちなのである。こうして読者は、"Once" が引き立てる幻想的な妖精の世界と、2 文目以降が示す戦時下の英国という、二者が入り混じる作品世界へと足を踏み入れることになる。"Once" から始まる物語に読者は妖精物語を期待し、そして「疎開」や「戦争」という言葉によって彼らは現代に引き戻されるのである。

上記の冒頭部分は、元になった文章と比較すると、過去への志向をより強めたことが認められる。ルイスは、この冒頭部分の元となった文章を 1939 年頃に書き留めていた。以下は、当時ルイスが書き進めていた『暗黒の塔（*The Dark Tower*）』（1977）の原稿の裏に書かれていた文章の引用である。

This book is about four children whose names were Ann, Martin, Rose and Peter. But it is mostly about Peter who was the youngest. They all had to go away from London suddenly because of the Air-Raids, and because Father, who was in the army, had gone off to the war and Mother was doing some kind of war work. They were sent to stay with a relation of Mother's who was a very old Professor who lived by himself in the country.（qtd. in Hooper *C. S. Lewis: A Companion and Guide* 402）

この引用部分から、4 人の子どもたちが、戦争のためにロンドンを離れ、田舎に住む老教授の元に疎開するというプロットは、1939 年の時点で既に固まっていたことが推測できる。[17] 子どもたちの名前、ピーターの立場、父親と母親の描写など、上記の 2 種類の冒頭部分には相違点が多数存在するが、特に着目すべき点は、1950 年に最終的に出版された冒頭部分と異なり、1939 年頃に書かれた冒頭部分は過去ではなく現在に志向している点である。1939 年時点の冒頭部分は、「この本は～についてのお話です」から始まっており、続いて、戦争、空襲、疎開という現実的な問題が扱われる。この冒頭部分は、英国がドイツに宣戦布告した頃に書かれたと推測されるため、当時の状況を反映しているがゆえに、想像力を羽ばたかせる余地がなく、閉塞的な印象を与える。一方で、1950 年に出版された冒頭部分は、"Once" を挿入することによって、この物語が妖精物語であることが強調され、現実にはあり得ないことが起こることを示唆し、読者の想像力を喚起しているのである。

ナルニアにおいても、街灯と神話的存在というモチーフによって、妖精物語と現実の対照性が引き継がれる。衣装ダンスを通ってナルニアにやって来た時に、ルーシーが初めて目撃するのは、雪景色の森林と街灯である。一見したところ、衣装ダンスに繋がっていることと街灯が森にあるということ以外、この世界は目新しいものではないように見える。しかし、ルーシーの傍を通った人物によってこの世界が異質だということが明らかになる。ルーシーが街灯付近で出会ったタムナスは、ギリシャ・ローマ神話に登場する、半人半獣のファウヌス（サテュロス）である。妖精物語（“Once”）から現実の英国（空襲）に引き戻される冒頭部分とは逆行し、この場面では、現実的な風景（街灯）から神話的世界（ファウヌス、すなわちフォーン）へと誘われる。このように、妖精世界と現実世界をリズミカルに反復させることで、この二者の対照性が浮き彫りになっていく。タムナスはルーシーをお茶に誘い、美しかったナルニアを回顧し、泉のニンフたちや木の間に住むドリアードたちと踊ったり、白シカを追って狩りに出たり、赤毛のドワーフたちと宝探しをしたり、森が青々と茂る夏にはシレニウス、時にはバッカスがやって来て川の水をワインに変え、何週間もの間お祭りが続いたことを話す（19-21）。ナルニアの入り口に、現在（街灯）と過去（神話）のモチーフが対照的に配置され、読者は、なじみのある現在から、フォーンが語る神話の神々が闊歩する過去への「憧れ」へと導かれていくのである。

ナルニアでの冒険は、一貫して、現在（空襲や街灯）から離れ、失われた過去を回復させることを目的としている。敵である白い魔女は、ナルニアをクリスマスの来ない永遠の冬に閉ざし、時の流れを止め、ナルニアを過去の世界から断絶させている。白い魔女によってナルニアが雪の世界に閉ざされて以降、タムナスが語ったような日々は手の届かない過去のものとなってしまっている。しかし、アスランが到来し、永遠の冬が春へと変化していくと、ナルニアの時間は動き始める。白い魔女の館で石像にされていた者たち（ケンタウルスや巨人など）が息を吹き返し、ナルニアは未来へ向かうというよりも、むしろ神話世界へと逆行していくのである。また、4人の子どもたちの「アダムの息子」「イヴの娘」という呼称は、アダムとイヴの時代から受け継がれてきた血脈を感じさせ、彼らの王位の正当性が古より担保されていることを暗示する。アスランと共に白い魔女を倒し、予言通りに4人の兄弟姉妹が王位につくことは、喪失した過去の回復を象徴しているのである。

空襲や街灯が象徴する現在と、“Once” とフォーンが象徴する過去の対照性は、読者に対し、失われた過去の世界に「憧れ」を感じさせる。ルイスが生涯を通して重要視した「憧れ」の概念は、ルイスの自叙伝『喜びの訪れ（*Surprised by Joy*）』（1955）において、突然訪れる束の間の激しい渇望として定義され、神へと続く道標として、ルイスの全作品に通底するテーマとなっている。知り得ないはずの架空世界でありながら、同時に懐かしさを感じさせることによって、目まぐるしく発展し続ける英国の読者たちに魂の故郷の記憶を喚起させる。ナルニアへと続く衣装ダンスの扉は、遙か昔に忘却してしまった過去へと続く扉なのである。

5. 裂け谷とオックスフォード：トールキンの英雄的「逃避」

宇宙の創世から妖精物語までが関連し合った一つの神話体系を作り上げ、イングランドに捧げたい、というトールキンの想いは、1917年頃に既に形を見せ始めていた（Carpenter *J. R. R. Tolkien* 97-98）。後に、トールキンが遺した膨大な神話物語群は息子のクリストファー・トールキンの手で再構成され、『シルマリルの物語（*The Silmarillion*）』（1977）として出版されている。『シルマリルの物語』で描かれる創成の時代を下り、「中つ国」の第三紀に起こった出来事を描いたのが『ホビットの冒険（*The Hobbit*）』（1937）と『指輪物語（*The Lord of the Rings*）』（1954-1955）である。子ども向けに書かれた『ホビットの冒険』は、トールキンが作り出した神話世界の内部にありながら、多くの読者に受け入れられた。『ホビットの冒険』の続編としてトールキンが着手し、第二次世界大戦期を含む 10 年以上の歳月をかけて完成されたのが、『指輪物語』の 3 部作『旅の仲間（*The Fellowship of the Ring*）』（1954）、『二つの塔（*The Two Towers*）』（1954）、『王の帰還（*The Return of the King*）』（1955）である。すなわち、『ホビットの冒険』と『指輪物語』は、英国に欠如した過去を回復する神話創造の過程で生まれた、壮大な歴史絵巻の一部なのである。本節は、トールキンの神話体系のうちに描きこまれたオックスフォードの原形と、妖精物語の機能の一つである「逃避」の関連性について論じる。

一般的に、トールキンの『ホビットの冒険』と『指輪物語』は、架空の世界において英雄が活躍するという意味でハイ・ファンタジーに分類されるが、トールキンは、物語を「想像上の過去」に置いただけであり、中つ国はどこか別の惑星ではなく、あくまでも私たちの世界だと主張している（Carpenter *J. R. R. Tolkien* 98）。[18] すなわち、エルフやドワーフやホビットが存在する世界は、トールキンにとって現実世界と地続きの過去なのである。これは、英国の神話と伝承を作り出したいというトールキンの壮大な野心に基づいている。この世界と中つ国が、時を隔てて地続きであるということは、すなわち、中つ国のあらゆる場所が、この世界の都市に対応しているということである。トールキン曰く、ホビット庄と裂け谷はオックスフォードと同緯度に位置し、その六百マイル南のミナス・ティリスはフィレンツェに当たるという（デイ 10）。[19] 牧歌的なホビット庄はオックスフォードと同緯度とされているが、ホビット庄はオックスフォードよりも、トールキンが子ども時代を送ったバーミンガムのセアホールと重なる（デイ 28）。また、古代の知識を保管するミナス・ティリスを、古代の文書を保存していたルネサンス期のフィレンツェに（デイ 167）、エルフの住む裂け谷を、学術の都であるオックスフォードに対応させている（デイ 81-85）。これによって、読者は自分たちが地理的にも歴史的にもトールキンが創造した過去と繋がりを持つ存在だと認識するのである。

裂け谷とオックスフォードが地理的に照合されることは、この二者が類似する特徴を有することを示唆している。[20] 裂け谷は、第二紀の時代、冥王サウロンとエルフが戦いを繰り広げる中、航海者エアレンディルとエルウィングの子のエルロンドによって、避難所と砦として創建された（*The Silmarillion* 295, 345）。第三紀を通して、裂け谷は、疲れた者を癒す避難所、かつ助言と伝承の宝庫となった（*The Silmarillion* 357）。第三紀を舞台にした作品においても、裂け谷は重要な避難所となっており、『ホビットの冒険』では、ビルボたち旅の一行が立ち寄る休息所となり、『旅の仲間』では、敵から逃れたフロドが力を回復するための慰安の場となる。エルロンドの館は、『ホビットの冒険』において、以下のように表象されている。

> [Elrond's] house was perfect, whether you liked food, or sleep, or work, or story-telling, or singing, or just sitting and thinking best, or a pleasant mixture of them all. Evil things did not come into that valley. (*The Hobbit* 61)

裂け谷のエルロンドの館は、全ての心楽しいことや美しいものを守る、悪が入り込む隙のない中つ国の理想郷なのである。

また、裂け谷は、慰安と回復の避難所であると同時に学術と叡知によって支えられた助言の場であるため、物語においては旅の方向性を決定する場としても機能する。『ホビットの冒険』では、エルロンドが地図に書かれた月光文字を読み取ったことが、ドワーフたちの旅の行方を決定づける。『旅の仲間』では、エルロンドの会議において、冥王サウロンの指輪は火の山に投げ込まれなければならないことが確認され、指輪所持者のフロドの同行者として、ホビットのサム、メリー、ピピン、魔法使いのガンダルフ、人間のアラゴルンとボロミア、エルフのレゴラス、ドワーフのギムリが選ばれる。裂け谷は、『ホビットの冒険』においては、竜スマウグとの戦いに、そして『指輪物語』においては、冥王サウロンとの戦いに立ち向かうため、古の知識に精通したエルフの叡知を受け取る場なのである。

中つ国は想像上の古代世界である、というトールキンの考えを踏まえると、避難所と砦の役目を果たすために創設された裂け谷の特徴は、長い年月を経て現在のオックスフォードに引き継がれたということになる。オックスフォードもまた、真の美を求める人々の避難所、かつ学問と伝統の砦であり、裂け谷の本質を受け継いでいると言える。オックスフォードの人々の多くが学究生活を送り、世俗的な関心が希薄であるのと同様、エルフもまた現世的な関心を持たず、文化的な生活を営む。ビルボが “Not that hobbits would ever acquire quite the elvish appetite for music and poetry and tales. They seem to like them as much as food, or more”（*The Fellowship of the Rings* 311）と発言する通り、エルフたちは生活の必要よりも、音楽や詩や物語に喜びを見出す。トールキン自身、友人ルイスが『二つの塔』に登場するエント族の「木の髭」のモデルになったことを認めている通り（Carpenter *J. R. R. Tolkien* 198）、オックスフォードの教授たちは、長々と議題を話し合うエント族を通して戯画化されていると言えるため（デイ 111）、オックスフォードの教授たちと裂け谷のエルフたちを、単純に文化的生活をもって同一視するのは早計かもしれないが、裂け谷を通して、トールキンが理想とする文化と知識の避難所兼砦としてのオックスフォードを垣間見ることはできるだろう。裂け谷とは、工業化したオックスフォードが回帰すべき理想の都なのである。

ファンタジーの観点から見ると、旅人たちにとっての休息所であり、同時に旅の目的に目を向ける場としての裂け谷は、トールキンの考える妖精物語の機能の一つの「逃避」を具現化した場でもある。トールキンは、人が妖精物語を「逃避」と呼ぶ時、それは言葉の扱い方を誤ったに過ぎず、「逃避」を誤った意味で用いる人々が好む「実生活」において、「逃避」とはむしろ実用的かつ英雄的な行為であり、まるで裏切り行為であるかのように糾弾されるべきではないと主張する（*Tree and Leaf* 60）。「実生活」とは無縁に見える裂け谷に避難した旅の一行もまた、目の前の過酷な旅から「逃避」していると言えるが、それは臆病や怠惰によるものではなく、精神と肉体のための一時的な休息であり、これから続く旅のための実用的かつ英雄的な行為である。トールキンはこの「実生活」について更に論を進め、「大学付近の大量生産工場も、自動車の響きも、大学を『実生活と接触させる』から歓迎する」という、オックスフォードのカウリーの自動車工場を受け入れようとする大学内の意見に対し、「自動車がケンタウルスや竜よりも『生き生きしている』という考えは奇妙だ」（*Tree and Leaf* 63）と異を唱える。ここでトールキンは、妖精物語において描かれるケンタウルスや竜は、非現実的ではあっても、自動車ほどは真実を伝えていないとは言えないと主張している。むしろ、妖精物語を通して、私たちは、モリスの自動車がもたらす現実の感覚よりも、より生きた感覚を知る。ケンタウルスや竜と同様に、裂け谷もまた「実生活」と乖離しながらも真実を示す。『ホビットの冒険』と『指輪物語』において、裂け谷に行き着いた旅の一行は、疲れた体を癒すだけでなく、目前に迫る過酷な旅や、自分に課された重荷に向き合う。彼らはここで、自分の運命と折り合いをつけ、ようやく歩を進めることができるのである。「逃避」が、逆説的に人を真実に到達させるという点において、裂け谷はまさに、ファンタジーの機能を実現させた場なのである。

6. 結論

本稿は、20 世紀のオックスフォードにおける現在と過去の対照性が、ルイスとトールキンのファンタジーにもたらした影響を論じた。ルイスとトールキンが『ナルニア国物語』と『指輪物語』を生み出した20世紀のオックスフォードは、学問の都であると同時に、重工業の街へと変わりつつあった。この急速な発展がもたらす損失に気付いていた二人は、異なる方法によって、自ら創造した世界にあるべきオックスフォードの姿を託したと言える。長い歴史を持つオックスフォードに、「ナッフィールドに破壊された、産業化したオックスフォード」が介入したように、ルイスの描くナルニアにおいては、妖精世界（“Once” とフォーン）に、現実世界（空襲と街灯）が介入している。この二者が交互に配置されることによって、結果的に、神話的存在が司る過去への「憧れ」を読者に喚起している。ルイスの作品が「無我的な」読者の「積極的な不信の停止」を求める「空想的」な物語である一方で、トールキンは不信を停止することなく、ただ信じることができる「第二の世界」を作り上げた。中つ国の裂け谷は、長命なエルフによって治められる、過去に根を下ろした場所である。トールキンの神話体系において、明らかに「実生活」からかけ離れた裂け谷を、オックスフォードの原形とすることで、物質的でも功利的でもない、真のオックスフォードを暗示している。避難所と砦の役割を担うという点において、裂け谷とオックスフォードはファンタジーの「逃避」の概念を通して結びつき、相互的に切り離せない関係にあるのである。

モードリン・コレッジ、あるいはバード・アンド・ベイビーに向かう道すがら、インクリングズの人々は、オックスフォードが重工業の中心地へと変貌するのを目の当たりにしていた。街を走り抜けるモリス・カウリーは、破壊と喪失の時代の象徴として映ったことだろう。こうした環境はルイスとトールキンの過去への「憧れ」と「逃避」に拍車をかけ、それをファンタジーという形で昇華させたと言える。時を経て、世界中で多くのファンタジー作家が生まれた今でも、ルイスとトールキンのファンタジーが不動の地位に君臨し続ける理由の一つに、20世紀のオックスフォードの発展が寄与していないとは言い切れない。ルイスとトールキンのファンタジーは、古代への愛と敬意、知的洞察に裏打ちされた無限の想像力、そして志を同じくするオックスフォードの友人たちによって育まれた、旅人を癒す避難所であり、真実を見る目を養うための砦なのである。

注

1：シッピーの主張の訳文は、*J. R. R. Tolkien: Author of the Century* の翻訳『J. R. R. トールキン—世紀の作家』（評論社）に準ずる。

2：本稿で扱う人物名、地名、固有名詞の日本語表記は、瀬田貞二訳『ナルニア国物語』（岩波書店）、瀬田貞二訳『ホビットの冒険』（岩波少年文庫）、瀬田貞二・田中明子訳『指輪物語』（評論社）、田中明子訳『新版　シルマリルの物語』（評論社）に準ずる。

3：ルイスとトールキンの出会いからインクリングズ結成までの歴史については、Humphrey Carpenter 著 *The Inklings: C. S. Lewis, J. R. R. Tolkien, Charles Williams and Their Friends*（Harper Collins Publishers）、Colin Duriez 著 *The Oxford Inklings: Lewis, Tolkien, and Their Circle*（Lion Books）、Walter Hooper 著 *C. S. Lewis: A Companion and Guide*（Harper Collins Publishers）、Roger Lacelyn Green と Walter Hooper 著 *C. S. Lewis: The Authorized and Revised Biography*（Harper Collins Publishers）、Humphrey Carpenter 著 *J. R. R. Tolkien: A Biography*（Houghton Mufflin）を参照した。

4：Roger Lancelyn Green と Walter Hooper によるルイスの伝記 *C. S.*

Lewis: The Authorized and Revised Biography には、コールバイターズが発足したのは1926年のミケルマス・ターム（秋学期、第1学期）とある（82)。だが、Humphrey Carpenter による *The Inklings* には、春学期と明記されており（27)、研究者によって意見が分かれている。

5：Duriez によると、ルイスが率いたグループとしての「インクリングズ」の名称は、ルイスがチャールズ・ウィリアムズを招いた1936年までは、いかなる文献においても登場していないという（126)。

6：バード・アンド・ベイビー（Bird and Baby）とは、オックスフォードのセント・ジャイルズ通りに実在するパブ、イーグル・アンド・チャイルド（The Eagle and Child）の通称である。このパブでは、1939年から1962年の間、毎週火曜日の午前11時半から午後1時まで、インクリングズの会合が行われていた（Hooper *C. S. Lewis: A Companion and Guide* 63)。

7：ウィリアム・R・モリスに関しては、James Leasor 著 *Wheels to Fortune: The Life and Times of William Morris, Viscount Nuffield*（James Leasor Publishing)、A. L. Rowse 著 *Oxford in the History of England*（G. P. Putnam's Sons)、臼井雅美著『ふだん着のオックスフォード』（PHP エディターズ・グループ）を参照した。

8：1937年の時点で『ブリスさん』の原稿は完成し、出版が決定していた。しかし、カラー印刷にかかる費用の関係で、出版社はトールキンに絵の描き直しを依頼したが、トールキンが作業に取り掛かれないまま時間が過ぎ、やがて原稿はアメリカのマーキット大学に売却された（Carpenter *J. R. R. Tolkien* 166)。

9：オックスフォード大学のモードリン・コレッジは Magdalen College、ケンブリッジ大学のモードリン・コレッジは Magdalene College と表記される。

10：*The Discarded Image* に登場する固有名詞の日本語表記については、山形和美監訳『廃棄された宇宙―中世・ルネッサンスへのプロレゴーメナ』（八坂書房）を参照した。

11：ルイスは妖精物語とファンタジーを類義語として扱っている。

1952年に行われた講演「子ども向けの本の3つの書き方について（"On Three Ways of Writing for Children"）」において、「『児童文学』という種の中でも、私にたまたま合っていたものは、ファンタジー、あるいは（広い意味での）妖精物語でした」（*Of Other Worlds* 35-36）と述べている。また、ルイスのSF 3部作の最終巻『サルカンドラ（*That Hideous Strength*）』（1945）の副題は*A Modern Fairy-Tale for Grown Ups*である。序文において、この小説をあえて「妖精物語」と呼んでいるのは「ファンタジーを好まない読者が、はじめの2章以降を読み、失望することがないようにするため（ix）」と明記しているが、ここでもルイスは、ファンタジーと妖精物語をほぼ同一視していると言える。

12：“Egoistic”と“Disinterested”の日本語表記（「主我的」「無我的」）については、『C. S. ルイス著作集4』（すぐ書房）に収録されている山形和美訳「批評における一つの実験」を参照した。

13：「積極的な不信の停止」の定義は、川口喬一他編『最新文学批評用語辞典』（研究社）を参考にした。

14：*Tree and Leaf*に登場する固有名詞の日本語訳については、猪熊葉子訳『妖精物語について―ファンタジーの世界』（評論社）を参照した。

15：杉山は、ルイスとトールキンのファンタジー像の違いを以下のように表現している。「大へんな純粋主義者であるトールキンは、限定の方法で心象の魔法の世界創造をファンタジーの核とし、ルイスはそこに大きな円をぐるっと描いてしまう」（14）。

16：海外では、出版年順ではなく、ナルニア暦に沿った順番（『魔術師のおい』、『ライオンと魔女』、『馬と少年』、『カスピアン王子のつのぶえ』、『朝びらき丸　東の海へ』、『銀の椅子』、『さいごの戦い』）で刊行されることが多く、『ライオンと魔女』は2作目とみなされることもある。本稿では、『ナルニア国物語』（岩波書店）に準じ、『ライオンと魔女』を1作目として扱う。

17：1939年秋、ルイスは、オックスフォード郊外の自宅「キルンズ荘」に疎開児童を受け入れ、当時同居していたムーア夫人と共に、家が賑やかになったことを喜んでいた（Hooper *C. S. Lewis:*

A Companion and Guide 401-02)。このように、作者自身が疎開児童を受け入れた経験が、疎開児童を主人公にした物語の背景になっている。

18：私たちの時代は、中つ国の年代において、第五紀あるいは第六紀に位置付けられている（デイ 23)。

19：裂け谷は、エルフ語の一つであるシンダール語で「イムラドリス」と表記されることもある。

20：デイは、第一次世界大戦中のオックスフォードが伝承と良識を守る避難所となったことを示している（83)。

第六章　女性推理作家たちの夢の跡
——ドロシー・L・セイヤーズとジル・ペイトン・ウォルシュ

臼井　雅美

1．序文

オックスフォード大学から生まれた二人の女性推理作家は、男性優位の高等教育の場、職業現場、そして結婚という父権制の檻の中で葛藤し、そこから経済的に自立して作家となり自分たちの世界を構築した。その二人の女性推理作家とは、ドロシー・L・セイヤーズ（Dorothy L. Sayers, 1893-1957）とジル・ペイトン・ウォルシュ（Jill Paton Walsh, 1937-2020）である。セイヤーズはサマーヴィル・コレッジ（Somerville College）を1915年に卒業し、ウォルシュはセント・アンズ・コレッジ（St Anne's College）を1959年に卒業した。世代の違いを超えて、セイヤーズとウォルシュは女性作家の道をつないでいった。

彼女たちはそれぞれの時代に、ヴァージニア・ウルフ（Virginia Woolf, 1882-1941）が『自分だけの部屋（*A Room of One's Own*）』（1929）で女性が自立する際に必要だと説いた、鍵のかかる部屋と経済的安定を獲得した。しかし実際は、20世紀前半から20世紀後半にかけてオックスフォード大学で教育を受けたにもかかわらず、彼女たちは男性中心主義に満ちた専門職や文壇の壁に対峙しなければならなかった。そして、彼女たちは、現実社会において自立するために、商業的に成功する確率が高い推理小説の創作へと向かい、19 世紀に開花し第一次世界大戦後に本格的に確立されていった推理小説の世界の構築に貢献したのだった。

セイヤーズはオックスフォード大学が受け入れた最初の女子学生の一人であり、C. S. ルイス、J. R. R. トールキン、チャールズ・ウィリアムズなどを中心とするインクリングズのメンバーたちに一目置かれていた。[1] しかし、セイヤーズは女性であるためにインクリングズの正式メンバーとしては認められず、ルイスやトールキンのように大学の教員になることは不可能だった。自分自身の生き方を求めて葛藤し、同世代のアガサ・クリスティー（Agatha Christie, 1891-1976）と並び称されるミステリーの女王となったセイヤーズは、性の自由を謳歌したボヘミアンとして知られている（Fredrick and McBride 21）。

彼女はオックスフォード大学に初めて創設された女子学寮の一つであるサマーヴィル・コレッジを 1915 年に卒業した。しかし、同年にオックスフォード大学のエクセター・コレッジ（Exeter College）を卒業したトールキンは学位を授与されているが、セイヤーズは学位を授与されなかった。男性と同等かそれ以上の学問知識と才能を持ちながら、セイヤーズはそれらを生かすことができず、トールキンが軽蔑する推理作家としてデビューすることにより何とか経済的基盤を確保する。

セイヤーズが亡くなって 40 年後、児童文学から小説、そして推理小説の創作の道を歩んだウォルシュは、1998 年、セイヤーズの未完成の遺稿を完成させて『王座、支配（*Thrones,*

Dominations)』として出版した。ウォルシュはセイヤーズが構築した推理小説の世界を再構築したのだ。さらに、ウォルシュはセイヤーズが書き残した記事をリサーチした上で続編を 3 作品も出版したのである。それは、同じ女性としてオックスフォード大学で学び、作家として大成した先輩セイヤーズへの賛歌の証なのである。

オックスフォード大学出身の女性作家たちにとってオックスフォード大学は戦いの場であり、彼女たちの夢の跡だったのである。本論では、イギリスにおける女性高等教育の門戸開放、オックスフォード大学における女性の学び舎の創設と発展、女性推理作家と女性探偵の誕生から発展、セイヤーズが推理小説で創り出した女性の自我、ウォルシュが対峙した男性優位の社会と出版界、そしてセイヤーズの後継者となったウォルシュが探求した推理小説の世界を軸に女性と創作に関して論じる。

2．イギリスにおける女性高等教育の門戸開放

19 世紀に女性への門戸が開かれた高等教育を受け、男性にのみ開かれていた専門職に就こうとした女性たちは、現実に立ちはだかる性差別に翻弄されたのである。それは、オックスフォード大学を卒業したセイヤーズが対峙した壁だったのだ。

オックスフォード大学を卒業した女性たちには、男性の卒業生たちのように専門職への道が開かれていなかった。彼女たちの熱意や意志に反して、学術界、文壇、出版界は冷酷なまでにオックスフォード大学で学んだ女性を拒絶し、無視し、そしてその堕落を見届けることに徹したと言っても過言ではない。特

に作家や詩人として世に出たかった女性卒業生たちには、同世代の男性卒業生たちに開かれていた大学のフェローになる道も、若くして文壇にデビューする道も、ましてや名誉職であるOxford Professor of Poetryの候補になる道さえもなかった。彼女たちは学校教師になったり、出版社に勤務したり、ジャーナリストとして記事を書くことで生計を立て、その中には女性が参入することができる児童文学や推理小説の創作へと向かった者もいた。セイヤーズとウォルシュはそのような女性卒業生たちの代表なのである。

1878年までオックスフォード大学では女性は入学ができなかったし、1884年まで女性は試験を受けることができず、学位授与は1920年を待たなければならなかった。ちなみに、セイヤーズはその時に学位を授与されている。卒業して5年後のことだった。そして、女性が全てのコレッジ（学寮）で受け入れられるようになるには1974年を待たなければならなかった。100年かかってやっとオックスフォード大学は女性を受け入れたことになる。

19世紀になると、女性の解放運動が活発となり、女性参政権運動と共に、女性の働く場を確保するために高等教育への門戸を開放する運動が活発になる。[2] 19世紀には、女性の人口が男性の人口を上回り、多くの独身女性が結婚相手を探すことができなくなっていた。特に、将来結婚以外に選択肢がなかった中流階級の女性たちにとって、開かれた道は上流階級の子弟を教えることであった。彼女たちは上流家庭の屋敷に住み込んで、家族の一員ではなく他人として過ごし、中流階級であるために他の使用人たちからも孤立し、子供が大きくなるとお払い箱となる。現在の様に教員免許も無く、極めて不安定な地位をより安定した地位と確実な人生が女性に求められていた。

女性高等教育推進運動は、女性参政権運動と同様、地方で起こった。その運動は、産業革命により工業化・産業化した都市から発信され、女性の寄宿学校が創設され、その学校を出た中流階級の女性たちに支持された。その時代は、英国国教会だけでなく、産業革命で富と名誉を得たユニテリア派、そしてクエーカーたちなどの非国教会徒が中流階級の子女の教育改革に取り組んだ。その運動は1840年代に始まり、1860年代にはそれらの力が結集していき、ロンドン大学、ケンブリッジ大学、そしてオックスフォード大学に女性たちへの門戸が開かれていった。

1867年には、「北イングランド女性高等教育推進評議会（North England Council for Promoting the Higher Education for Women）」が結成され、リヴァプール、マンチェスター、リーズ、シェフィールドなどにも活動が広がった。1868年には、17歳以上の女性を対象とした大学受験の資格（General Examination for Women）が発表され、翌年、9人の女性志願者を迎えて試験が行われた。

1860年代から1870年代にかけて、ロンドン大学、ケンブリッジ大学、そしてオックスフォード大学に地方からやってきた女性たちのための寄宿舎が準備され始める。これらのホールやコレッジは現在のような立派なものではなく、空き家となっている個人の住居を借り上げたり、裕福なコレッジの所有している物件を借りていたものだった。また入居者の増加で引っ越したりと、難題が常に降りかかった。しかも、これらの女性用の宿舎は、男性の学生たちから遠ざけるために、街から離れたところに設立されていった。

ロンドンでは、1863 年にベッドフォード・コレッジ（Bedford College）がユニテリア派のエリザベス・ジェサー・レイド（Elisabeth Jesser Reid, 1789-1866）により創設され、その後ロンドン大学の一部となった。ケンブリッジ大学は、1869 年にエミリー・デイヴィス（Emily Davies, 1830-1921）がガートン・コレッジ（Girton College）を、そして 1871 年にはヘンリー・シジウィック（Henry Sidgwick, 1838-1900）と妻エレノア・シジウィック（Eleanor Sidgwick, 1845-1936）がニューナム・コレッジ（Newnham College）を創設した。オックスフォード大学では、1866 年にはオックスフォード大学の縁故者に限り、始めて女性がレクチャーに出席する許可が下りた。しかし、女性学寮はロンドン大学やケンブリッジ大学に遅れて、1879 年に設立された。

この時代は、女性の入学に関してだけではなく、大学改革が行われた。この流れの中で、特にキーブル・コレッジ（Keble College）が中心的な役割を果たした。キーブル・コレッジにおいて、女性への門戸解放が議論され始めた。[3] キーブル・コレッジは、オックスフォード運動の指導者の一人であるジョン・キーブル（John Keble, 1792-1866）にちなんで創設された。オックスフォード大学において女性学寮の先駆的役割を果たしたのは、現在のセント・アンズ・コレッジ、レイディ・マーガレット・ホール（Lady Margaret Hall）、そしてサマーヴィル・コレッジである。そして、1884 年にはセント・ヒューズ・コレッジ（St Hugh's College）、1893 年にはセント・ヒルダズ・

コレッジ（St Hilda's College）の前身が創設された。

1910年には、ケンブリッジ大学とオックスフォード大学に合わせて1000人以上の女性たちが集ったが、彼女たちはまだオックスフォード大学のレクチャーに出席する許可が与えられただけだった。どれだけ優秀でも、女性は学位ではなく学業証明書のみしか与えられなかった。大学レベルの教育を受けて試験で優秀な成績を収めても、学位がなければ男性と同等の専門職に就くことはできなかった。女性が大学から学位を授与されるには、もう一つの大きな壁を越えなければならなかったのだ。しかし、学位を授与されても、大学を卒業した女性に開かれた道は限られていた。

3. オックスフォードにおける女性の学び舎の創設と発展

女性の高等教育への門戸解放を、オックスフォード大学は大きな壁となって阻んだ。オックスフォード大学には、ベッドフォード・コレッジを創ったレイドやガートン・コレッジの創設期の功績者であるデイヴィスのような際立った女性指導者が不在だった。前述の様に、1866年には縁故者に限って女性をレクチャーに出席することを認めた。女性はあくまでビジターであり、それも確かな身元の女性しか認められなかった。しかし、その後、この実験的試みは慎重に、そしてゆっくりと前進していった。[4]

1873年には女性のためのクラスやレクチャーが以前より準備されるようになっていた。しかし、その頃、ケンブリッジ大学では、デイヴィスがすでに女性学寮を創設していた。この点で、オックスフォード大学は大きく遅れを取っていた。特に、女性が先頭を切って、女性専用の宿舎を設立するまでには時間がかかった。

1878年には、オックスフォード女性高等教育協会（AEW：The Association for the Education of Woman in Oxford）が設立され、女性がオックスフォード大学で教育を受ける機会を構築することを目的とする組織ができた。この組織は、その後、オックスフォード・ホーム協会（The Society for Oxford Home）となる。レクチャーに出席するためオックスフォード大学に来ていた女性たちは、大学の近くの個人の住居などに下宿していたが、協会がそれを援助するようになる。その後、セント・アン協会（St. Anne Society）と名称が変わり、これがセント・アンズ・コレッジの前身となる。

そして、オックスフォード大学でも本格的な女性用の宿舎が開設された。最初に、レイディ・マーガレット・ホールは英国国教会の教徒のための宿舎として開設された。名前の由来となるレイディ・マーガレット・ボーフォート（Lady Margaret Beaufort, 1443-1509）は、政略結婚の中で人生を翻弄された。最後にはチューダー朝の始祖ヘンリー7世の母として君臨し、晩年は教育や学問の発展に寄与した。特に政界から引退すると、信仰と学校設立の活動に没頭した。

レイディ・マーガレットは、現在も存続されている、グラマースクールを創設したり、ケンブリッジ大学では神学教授の地位とコレッジを設立したりした。1502年にケンブリッジ大学にレイディ・マーガレット神学教授（Lady Margaret Professor of Divinity）を創設し、この地位は今日まで続いている。また、ケンブリッジ大学に1437年に創られたゴッズ・ハウス（God's House）を拡大して、クライスツ・コレッジ（Christ's College）を1505年に設立した。後にオックスフォード大学のクライスト・チャーチ（Christ Church）にもレイディ・マーガレット神学教授のポストができる。レイディ・マーガレットの教育活動に敬意を表して、オックスフォード大学では新たな女性学寮に彼女の名前を付けたのだ。

ケンブリッジ大学の女性学寮の創設には、女性参政権論者や教育者の功績が大きいが、同時に大学の縁故者を起用することで伝統を守った。ケンブリッジ大学のガートンは、デイヴィスやミリセント・ガレット・ファウセット（Millicent Garrett Fawcett, 1847-1929）という著名な女性参政権論者たちが設立に貢献した。

ニューナム・コレッジの創設には、トリニティ・コレッジ（Trinity College）のフェローであったヘンリー・シジウィックと妻で女性参政権論者の妻エレノアが力を尽くした。そして、ニューナム・コレッジでは、初代学寮長に、湖水地方で女子寄宿学校を開いたアン・ジェミマ・クロー（Anne Jemima Clough, 1820-1892）が選ばれた。彼女は、教育者であると共に、兄はオックスフォード大学出身で詩人として著名なアーサー・ヒュー・クロー（Arthur Hugh Clough, 1819-1861）だった。

一方、オックスフォード大学のレイディ・マーガレット・ホールの第一代学寮長は、作家で女性教育論者のエリザベス・ワーズワース（Elizabeth Wordsworth, 1840-1930）が選ばれた。彼女は、ウィリアム・ワーズワースの縁故者であり、父親はケンブリッジ大学のトリニティ・コレッジの出身で英国国教会の教会主管者であった。

レイディ・マーガレット・ホールの学生に、ルイス・キャロルは1886年にレクチャーを行っている。それは、文学に関してではなく、論理学に関しての一連のレクチャーで、受講者は約25人の若い女性の学生に加え、エリザベス・ワーズワースもいたとルイスは日記に記している（Wakeling 144）。エリザベス・ワーズワースは、その後、父親の遺産を投じて、貧しい女性のためにセント・ヒューズ・コレッジを創設した。6人で始まったセント・ヒューズ・コレッジは、増加する女性たちのために、ユニヴァーシティ・コレッジが所有するザ・マウント（The Mount）と呼ばれた家を借り入れることになる。

また、サマーヴィル・コレッジは、非英国国教会徒も受け入れるコレッジとして設立され、名前はスコットランド出身の科学者であるメアリー・サマーヴィル（Mary Somerville, 1780-1872）にちなんで付けられた。サマーヴィルは、女性が学問の世界で生きていくことができなかった時代に、特に数学界で頭角を現し、認められた。その業績と精神性を、サマーヴィル・コレッジは理想としたのだ。

サマーヴィル・コレッジが、オックスフォード大学で初めての非英国国教会徒のためのコレッジとして創設された点も重要である。セント・アンズ・コレッジ、レイディ・マーガレット・ホール、そしてセント・ヒューズ・コレッジと同様、街の中心から離れた北オックスフォードに、セント・ジョンズ・コレッジ（St John's College）からウォルトン・マナーという家を借り入れて、12人の学生たちで始まった。北オックスフォードになんとか物件を探して、徐々に拡大していった4つのコレッジとは対照的に、セント・ヒルダズ・コレッジは東の端、セント・クレメントにぽつんとたたずんでいる。

この様にオックスフォード大学に5つの女性学寮が創設されたにも関わらず、そこは寄宿舎としての役割は果たすが、教育の場でも研究の場でもなかった。地方から出てくる中流階級の未婚の女性たちに生活の場を与え、健全な毎日を送るような指導をした。創設当時の学寮長は、寮母としての役割が期待され、大学関係者が推薦する身元が確かで教育に理解がある独身の女性たちが多かった。

女性への高等教育の道が築かれても、女性は男性社会の外に押し出され、社会的にも政治的にも自立して活動することができなかった。男性と同等に専門職に就いたり、ましてやフェローになったり大学教員の職に就くことなど至難の業であったのだ。

オックスフォード大学の女性学寮からは、セイヤーズやウォルシュのように時代を経て多くの作家が輩出されてきた。しかし、ここには皮肉にも落とし穴があるのである。ヴェラ・ブリテン（Vera Brittain, 1893-1970）は1960年に出版された *The Women at Oxford* において、5つの女性学寮の歴史、歴代の女性学寮長、および同窓生の軌跡を克明に追った後で、第二次世界大戦後でも女性の卒業生の多くが結婚という選択をしていることを指摘している。その中で、約20パーセントが仕事と家庭の両立をしているが、それが可能となっている例は教職についているか、家庭でできる仕事、すなわち文筆業に就いているからだと厳しい結果を述べている（Brittain 234）。皮肉なことに、仕事が何であれ、仕事と家庭の両立が可能となっている多くの例が、彼女たちが女性の高等教育に少しでも理解があるオックスフォード大学などの大学教員と結婚しているからであるというのだ（Brittain 234）。すなわち、表面的には成功を収めていると思われているオックスフォード大学出身の女性作家たちの多くは、経済的にも社会的にも男性に依存せざると得なかったのだ。そして、それらの女性作家たちは、オックスフォード大学を卒業しても名を残すことができなかった女性たちに比べると、ほんの一握りであったのだ。

確立されて共学となった今日の女性学寮からは想像もできないような、抑圧されて排除された女性たちの戦いがあったのだ。

４．女性推理作家と女性探偵の誕生から発展へ

セイヤーズの人生と彼女が生きた時代は、女性の葛藤の時代を表している。女性に高等教育への道が開かれつつあった時代に、男性中心主義の社会に対峙した女性たちが社会で葛藤を繰り返した。セイヤーズは、19 世紀イギリスにおいて警察という組織が確立されていき、それと比例して推理小説の秀作が瞬く間に出版され、イギリスの推理小説というジャンルが確立されたことを論じているが、その過程で女性の探偵が男性の探偵と同等に活躍できていないことを明確にした。そこには、男性中心の社会や警察組織に挑む女性の探偵のステレオタイプがあり、それは同時に作家セイヤーズが挑んだ課題なのである。

女性を探偵にしたことを納得させようと、女の直感に頼らせすぎ

> て、我々が探偵小説に求める静かな論理の楽しみが台無しになるのだ。さもなければ、彼女たちは活発で勇気があり、なんと言われようと危険を冒し、捜査に携わる男たちの邪魔をする。女性探偵の人生観には、結婚も大きな問題である。みな若くて魅力的なのだから無理もない。しかし、男性の探偵たちは三〇代か四〇代になってから開業するのに、この美しい女性たちは、なぜ二一歳かそこらで難事件に取り組めるのだろう。いったいどこで世俗の知恵を身につけたのか？　雪のように汚れを知らない彼女たちのことだ、個人的な経験からではあるまい。おそらく、すべては女の直感なのだろう。（「犯罪オムニバス（1928-29）」49）

女性探偵への差別的設定と描写は、セイヤーズが男性中心社会で対峙した女性への差別そのものであり、それはセイヤーズが作品で書き残さなければならないことだった。

セイヤーズが女性と職業に関して確固とした考えを持っていたことは、彼女の作品を理解する上でも、彼女の思想を理解する上でも重要なことである。セイヤーズは、1935 年にロンドンで The Over Thirty Association を立ち上げた。この会は、当時の適齢期を過ぎ、第一次世界大戦中には男性がする仕事に従事して国を支え、戦後は結婚期の男性が戦死したために結婚することもできず、また戦後の大恐慌時代には以前の仕事にも就くことができなかった女性たちのための会であった。特に女性は 30 歳を過ぎると、"'Too old'" とみなされ、結婚期の男性に相手にしてもらえなかった（Sayers, *God, Hitler and Lord Peter Wimsey* 21）。1937 年には会員は 4032 人にもなった。創設して 2 年間で大きな組織となったことで、セイヤーズは 1937 年 1 月 31 日、BBC ラジオにおいて、この会に関して次のように述べている。

> The Over Thirty Association explores the labour market for fresh openings for women. Domestic service is the solution for some – but not for all, since most of those who seek assistance are women of the salaried grade, unused to and unfitted for manual labour. The Association brings these women together and helps them to find work and to help each other to find it.（Sayers, *God, Hitler and Lord Peter Wimsey* 21-22）

セイヤーズは社会が急変する中で女性の問題が取り残されていることを認識しただけでなく、それを解決するために具体的に運動を興したのである。この様な意識の中で、セイヤーズは働く女性像を描き、そこに女性探偵を創り上げたのだった。

クリスティとセイヤーズが活躍する以前に、女性探偵の系統は認識されてきた。女性探偵が誕生する前に、推理小説（あるいは犯罪小説）はヴィクトリア時代において確立されていき、そこで女性小説家の作品が世に出ていった。特に、1830 年代にはニューゲートノベル、および 1860 年代から 1870 年代にはセンセーションノベルと呼ばれたジャンルの小説が大流行した。[5] ニューゲートノベルは、犯罪者の経歴書であるニューゲートカレンダー（Newgate Calender）をもとに書かれた。チャールズ・ディケンズ（Charles Dickens, 1812-1870）の『オリバー・ツイスト（*Oliver Twist*）』（単行本としては 1838 年出版）もその例としてみなされることがある。センセーションノベルは、犯罪やミステリーを取り扱っているサスペンス仕立ての小説で、ゴシック的な要素も含まれていた。このセンセーションノベルのジャンルでベストセラー作家となったのが、ヘンリー・ウッド夫人（Mrs. Henry Wood, 1814-1886）であり、セイヤーズはウッドの作品は純粋な探偵小説ではなく、「メロドラマ風、冒険風に発展した犯罪小説」であり道徳的すぎると批評しているが、1861年出版の『イースト・リン（*East Lynne*）』はプロットの構成が優れており人物設定が鋭いと評価している。[6]

探偵小説が大きな転機を迎えるのが、医者でもあるアーサー・コナン・ドイル（Arthur Conan Doyle, 1859-1930）が1891年より『ストランド・マガジン（*The Strand Magazine*）』に連載を始めた『シャーロック・ホームズ（Sherlock Holmes）』シリーズである。私立探偵のシャーロック・ホームズが、医者であり、物語の語り手となる友人のジョン・H・ワトソン（John H. Watson）と共に、次々に難事件を解決していく。このシリーズの大ヒットに伴い、探偵小説の創作と出版に拍車がかかり、多くの作家たちが次のシャーロック・ホームズを世に送り出すことに切磋琢磨した。

ウッド夫人に続く女性作家たちは、コナン・ドイルの成功に触発されて推理小説を発展させると同時に、女性探偵を創り上げた。男性推理作家も女性探偵を創り出していき、推理小説において女性探偵の存在が定着していった。オックスフォード大学のニュー・コレッジの教授となったローラ・マーカス（Laura Marcus）は、1997年に英語圏において女性探偵が登場する12編の探偵小説を共同編纂している。さらに、2003年に刊行されたジョセフ・A・ケストナー（Joseph A. Kestner）の『シャーロックの妹たち（*Sherlock's Sisters*）』は、19世紀後半から20世紀初頭にかけて英国の探偵小説において誕生した女性探偵に関して論じている。男性作家が創り出した女性探偵の例としては、1899年に生まれた女性探偵ヒルダ・ウェード（Hilda

Wade）があげられる（Kestner 2）。グラント・アレン（Grant Allen, 1848-1899）が 1899 年から 1900 年にかけて『ストランド・マガジン』に連載した『ヒルダ・ウェード（*Hilda Wade*）』は、著者が急死したために友人のコナン・ドイルにより書き継がれた作品である。主人公のヒルダ・ウェードは、看護師であり、探偵として活躍する。

男性推理作家が女性探偵を創り出す一方で、女性推理作家たちも、次々と知性と自立心に満ちた女性探偵を世に送り出していった。[7] 1864 年に初めて探偵小説において女性探偵が誕生してから世紀末までの間に、20 以上の女性探偵が誕生し、その多くが女性推理作家たちの手によって生まれた（Clarke, *British Detective Fiction 1891-1901* 39-40）。マーカスによると、それらの女性探偵たちは、未婚の高齢の女性から教育を受けて独立心がある若い女性へと変化し、私立探偵として警察組織と対峙したり、さらには警察組織の中で活躍する女性警官へと移行していったとクラークは説明している（Clarke, *British Detective Fiction 1891-1901* 39-40）。

探偵小説の確立には、イギリスにおける警察組織が確立されていった背景がある。地方自治が確立されていたイギリスでは、18 世紀以降工業化と都市化が進み、19 世紀にはロンドンにおける犯罪率が高くなり、治安の悪化が問題となった。そこで、1829 年に首都警察法（The Metropolitan Police Act 1829）が制定されると、ロンドン警視庁（Metropolitan Police Service、通称 Scotland Yard）が設立された。ロンドン警視庁は、ロンドンの首都圏だけでなく、国家全体の犯罪を扱う組織として確立され発展した。シャーロック・ホームズもエルキュール・ポアロ（Hercule Poirot）もロンドン警視庁と協力体制を取ったり、時には対立したりしながら、事件を解決することになる。ロンドン警視庁に初めて女性職員が雇われたのが1883年で、収監された女性囚人の監視役として二人の女性が入庁した（Clarke, *British Detective Fiction 1891-1901* 45）。実際に女性が捜査に関わったのは1918年、女性刑事が誕生したのは1922年であったことから、ロンドン警視庁は男性の砦であり、20世紀初頭まで女性は警察組織から排除されていたことになる。警察という組織から排斥された女性たちは、ロンドンなどの大都市の探偵事務所で雇われるようになり、1890年代の初頭にはその数は増加の一途をたどった（Clarke, *British Detective Fiction 1891-1901* 45）。

警察組織は、19世紀末から20世紀初頭にかけて活発になった女性参政権運動と対峙する組織であった点も、女性探偵の誕生を論じる上で重要である。中流階級や中産階級の女性たちが中心となり興こした女性参政権運動は、1897年に女性参政権協会全国連盟（NUWSS：National Union of Women's Suffrage Societies）が結成され、さらに1903年には女性政治社会連合（WSPU：Women's Social and Political Union）が結成されて、より過激で戦闘的な運動となった。特に、ハンガーストライキや放火などのテロ行為を行い、第一次世界大戦前には多くの活動家が逮捕され収監された。1913年には、警察や男性の暴力から身を守るために、WSPUが自衛団を結成した。しかし、第一次世界大戦中にはWSPUが戦争協力の立場に転じたために世論が好転した。第一次世界大戦後は世界的に女性参政権が認められている中で、1918年にはそれまでの階級差別と性差別を一部撤廃して、20歳以上の全ての男性と財産要件を満たす30歳以上の女性に参政権が認められた。さらに、1928年には21歳以上の全ての女性に参政権が認められることになる。女性が政治へ介入できるように壁を破ろうとする行為は、巨大な男性権力との対峙であり、警察権力との闘いであったのだ。この時代の中で、女性推理作家たちが女性探偵を創り出したことは、意味があったのである。

最も知名度が高い女性探偵は、クリスティが創り上げたミス・ジェーン・マープル（Miss Jane Marple）であろう。ミス・マープルは、ロンドンから離れセント・メアリー・ミード村に移住して、ガーデニングと編み物にいそしむ高齢の独身女性である。彼女は中流階級で定職には就かず、個人的に頼まれては様々なところに出向いて事件を解決する。アマチュア探偵でありながら、最後にはロンドン警視庁の警部に頼られる存在となる。それに対して、ケストナーがマーカスの議論を紹介しているように、マープルの後継者たちは、19世紀末に父権制や伝統的慣習に対して男女同権を求めた「新しい女性（“the New Woman”）」と呼ばれた女性たちだった。[8] 彼女たちは、大学教育を受け、教員、看護師、編集者なの専門的職業に就き、30歳を過ぎ、未婚で経済的に自立している。しかし、男性中心の社会に途中から参入したこれらの新しい女性たちは、根強く残る性差別に直面するのである。

「新しい女性」の女性探偵の例としては、女性であることを隠してC.L. ピスキスというペンネームで作品を発表したキャサリン・ルイーザ・ピスキス（Catherine Louisa Piskis, 1839-1910）が創り出した女性探偵ラヴディ・ブロック（Loveday

Brooke）や、ビアトリス・ハーロン＝マックスウェル（Beatrice Heron-Maxwell, 1859-1927）が創り出したモリー・デラミア（Mollie Delamere）などがあげられる。ピスキスは1877年にデビュー作品を刊行してから1894年に作家活動をやめるまで、一年に一作品を発表して人気作家として成功した。彼女が創り出したラヴディは、30歳を少し過ぎた独身女性で、ロンドンの探偵事務所に所属する有能な私立探偵で、ロンドン警視庁からの協力要請が来るほどの実力の持ち主である。[9]

最も発展的な女性探偵は、ハンガリー出身の英国作家バロネス・オルツィ（Baroness Orczy, 1865-1947）が1910年に発表した『レディ・モリーの事件簿（*Lady Molly of Scotland Yard*）』の女性探偵である。セイヤーズは、オルツィの『隅の老人（*The Old Man in the Corner*）』シリーズを取り上げて、オルツィがパズル方式を用いていることを指摘している。オルツィは、『隅の老人』シリーズでは、現場に行かずに資料と推理のみで事件を解決する安楽椅子探偵の原型を創り上げた。しかし、オルツィは、それまでの慣習をより過激に破るかたちで、頭脳明晰で事件を解決し、ロンドン警視庁に正式に職を得ることになる女性警官レディ・モリーを創り上げた。実際にはロンドン警視庁に女性警官も女性刑事もいなかった時代に、オルツィは女性警官を一足先に世に送り出したことになる。さらに、この作品は12編のストーリーから成り立っているが、それらの語り手はモリーの相棒メアリー・グラナード（Mary Granard）なのである。オルツィがモリーとメアリーのペアを創り上げ、さらにロンドン警視庁という男性中心の警察組織の中で活躍させたことは、女性推理作家として女性が持つ能力を最大限に表現しようとした試みなのである。

5. ドロシー・L・セイヤーズが創り出した推理小説における女性の自我——

フェミニスト・テキストとしての『学寮祭の夜（*Gaudy Night*）』

オックスフォード大学における女性の葛藤と女性探偵の葛藤を、セイヤーズは自らの作品で鋭く指摘した。それが、彼女の代表作である『学寮祭の夜』である。この作品は、オックスフォードの女性学寮の同窓会に出席した推理作家が、繰り返し起こる事件を解決していく話が本筋となっている。大きな事件やスリル満点の展開もないが、この作品は推理小説論が入ったメタフィクションだと知られている。[10]

しかし、この作品にはセイヤーズの自叙伝的要素が織り込まれ、さらにそこから女性論が展開されている。セイヤーズはサマーヴィル・コレッジで学び、後にオックスフォード大学から初めて学位を授与された女性の一人でありながら、男性と同等に評価されず、一般社会で生きていくことになる。彼女は、女性に求められていた理想的な家庭や女性の領域に依存せずに、社会的地位を確立することを目指した。

セイヤーズの並外れた学力と洞察力は、学識がある父親のもとで幼少期から養われており、幼少期はセイヤーズの学びの基礎をつくり上げた。セイヤーズは、1893 年にオックスフォードで生まれた。父親は聖職者で、オックスフォード大学のクライスト・チャーチ聖歌隊学校の校長を務めていた。[11] セイヤーズは一人っ子として、英国国教会の中流家庭で育っていく。しかし、彼女が4歳半の時に、父親はハンティンドンシャー（Huntingdonshire）の辺鄙な村の教会に赴任してしまう。セイヤーズは幼い頃から語学力を発揮し、6歳半で父親からラテン語を、その後にフランス人のガヴァネスからフランス語を学び、13歳の時にはドイツ語を学習していた。父親から男性にとってのみ必要とされたラテン語を教わり、さらにフランス語とドイツ語を教わる機会を得たことは、後のセイヤーズの翻訳の業績をつくり上げる基礎となった。

セイヤーズが優れた学力と強い意志を持っていたために、彼女が受けた女子教育は伝統的過ぎたこと、そこから彼女の反抗心が生まれたことがセイヤーズの人生観を変え、さらにオックスフォード大学で学ぶ目標を掲げるに至った。セイヤーズは当時の中流階級の子女の例にもれず、ソウルズベリーの女子寄宿学校に入学する。そこでは、良き妻、良き母になるべく教育が行われており、セイヤーズにとってこの学校での2年間はみじめなものだった。背が高く人見知りするセイヤーズは他の生徒と交わることもできず、ストレスで円形脱毛症になるほどだった（Durkin 17）。しかし、セイヤーズはオックスフォード大学入学という目標を掲げ、猛勉強をした結果、ギルクライスト奨学金（Gilchrist scholarship）を得て、1912年にサマーヴィル・コレッジに入学した。オックスフォード大学でのセイヤーズは、水を得た魚のように、探求心を深めるだけでなく行動力も発揮していった。そして、1915年に、現代語（Modern Languages）でFirst Class Honoursに入った。

セイヤーズが大学入学の次に対峙した壁は、社会での専門職への就職の壁だった。大学で学び大学を卒業した他の女性たちと同様、学位も縁故者もないセイヤーズは、1916年から1922年の間、職を転々とする。ブラックウェル出版社に就職するも補助的な仕事に飽きたらず、南仏の男子校で教員助手をしたり、ロンドンに出て様々な仕事に従事した。そして、1922年にロンドンで広告代理店に就職して、経済的に安定する。それまでに2冊の詩集を出版していたが、1923年時勢に合わせて、初めての推理小説を発表する。その後、次々と作品を発表して話題となり、アメリカでも人気を博していった。セイヤーズの履歴書は、大学教育を受けた女性が対峙した苦難の人生を表象している。

大学教育を受けた女性が対峙したもう一つの壁が、結婚という社会における伝統的慣習だった。ロンドンのブルームズベリーで自由な生活を送っていたセイヤーズは、ロシア人のジャーナリストと同居して、1924年にこっそりと息子を出産していた。しかし、この男性とは別れ、息子は親類に託して、独身生活に戻る。息子を産んで2年後、彼女は別の男性と結婚した。セイヤーズは、当時女性にとって理想とされた家庭を築くことをしなかった。自分の息子を捨てた後、経済的な援助は惜しまなかったというが、彼を自分の子供として認めることも、愛情を注ぐこともなかった。また、結婚した相手はアルコール依存症で、セイヤーズが稼いで購入した家で引きこもり生活を送った。伝統的な結婚や理想とされる母性を拒否することにより、セイヤーズは経済的にも精神的にも自立する女性となっていった。

セイヤーズが1935年に『学寮祭の夜』を発表したことに重

要な意味がある。主人公ハリエット・ヴェイン（Harriet Vane）は、男と同居して、その男の殺人容疑で裁判にかけられた過去がある。両親の死後に一文無しとなってからは生計を立てることに没頭し、推理小説家として成功している女性である。彼女は英文学の試験で First Class Honours に入るほどの才媛だったが、ロンドンでのスキャンダラスな過去のために同窓会への出席を避けてきた。しかし、久しぶりの母校オックスフォード大学再訪は、ある意味、彼女にとって錦を飾る機会を与えたのだ。

ハリエットのミッションは、架空の女性学寮スリューベリー・コレッジ（Shrewsbury College）で起こっている奇怪な事件を解決することであるが、同時に学寮に、広くは大学や社会に蔓延する女性への性差別という、より根深い問題に対峙することにもなる。事件は、卑猥な絵や手紙が学寮内で発見されたり、また送られてきたりするが、それが学寮内の破壊行為にまでエスカレートする。それは、陰湿なセクシャルハラスメントであり、高学歴の女性に対する挑戦状なのだ。そして、そこには女性学寮対男性学寮あるいは男社会という単純な対立構造だけでなく、女性間に格差へのジェラシーが起こり、分断が潜在することが判明する。

ハリエットが対峙するのは男社会という単一的な社会ではなく、父権制という根深い価値観、そして女性が高等教育を受けることで生じた様々な葛藤である。女性学寮に集う女性たちには、男性を超えて学者として成功した者から、農夫と結婚して肉体労働で疲れ切っている者まで様々な女性の諸相を表している。男性中心社会の中で、オックスフォード大学で高等教育を受けた女性たちは運命を翻弄されていた。ハリエット自身が高学歴で知性が高い女性が直面する結婚難に関して自問自答する中で、男性への批判が芽生える。優秀な女性は未婚で人生を終えるか、結婚するとすれば自分より優秀な男性を探さなくてはならないという現実を見据える。しかし、優秀な男性は結婚において優位なのである。

> And that limited the great woman's choice considerably, since, though the world of course abounded in great men, it contained a very much larger number of middling and common-place men. The great man, on the other hand, could marry where he liked, not being restricted to great women; indeed, it was often found sweet and commendable in him to choose a woman of no sort of greatness at all.（*Gaudy Night* 58）

この直後に、ハリエットはスリューベリー・コレッジの歴史教授であるミス・ヒルヤード（Miss Hillyard）と男女間に知性への評価の相違がある点を議論する。そこで、ミス・ヒルヤードはオックスフォード大学での女性の地位の低さを批判する。

> Look at this University. All the men have been amazingly kind and sympathetic about the Women's Colleges. Certainly. But you won't find them appointing women to big University posts. That would never do. The women might perform their work in a way beyond criticism. But they are quite pleased to see us playing with our little toys.（*Gaudy Night* 59）

大学が女性への門戸を開いても、女性は正当に評価されず、男性と同等の地位に就くことができない現実を指摘する場面は、ウルフが『自分だけの部屋』で論じたことと一致する。そして、それは、ハリエット自身が内的独白の中で悶々と繰り広げたもう一つの性差別の表象なのである。

セイヤーズが女性と創造、さらには女性と自立に関して求めた理想は、ウルフが唱えた理想と同じである。セイヤーズを評価するにあたり、セイヤーズはウルフがメンバーであったブルームズベリー・グループの文学的近親者であり、ウルフが唱えたフェミニズムの後継者であると、ナンシー＝ロウ・パターソン（Nancy-Lou Patterson）は述べている。特に、セイヤーズは最後の作品となった『ブッシュマンズ・ハネムーン（*Bushman's Honeymoon*）』において、ハリエットは "an Oxford-Bloomsbury blue-stocking" と皮肉られるのであるが、それは、ハリエットだけでなくセイヤーズにも当てはまる、知性と文学の才能に満ち溢れ伝統にとらわれない進歩的な女性を示唆しているのである（Patterson 187-188）。それと同時に、セイヤーズは進歩的な女性と相反する女性たちも描いている。セイヤーズは男性に裏切られた女性たちが罪を犯すことを描いており、彼女たちを自らが説くキリスト教の罪に当てはめているとパターソンは述べている。『学寮祭の夜』の中に登場する女性の一人であるアニー・ロビンソン（Annie Robinson）は、ハリエットたちと相反する立場にいる学寮の "scout" と呼ばれるメイドなのである。

また、セイヤーズは学び（learning）に関して厳しい姿勢を貫いた。それは、教育のあり方が変化して、学びの本来の意味が問われなくなっていくことへの危機感と、オックスフォード大学などの高等教育機関で学び卒業していくことに満足する若い世代への警告でもある。セイヤーズは、1947年に刊行した教育に関するパンフレット *The Lost Tools of Learning* において、"grammar" は学びの対象と言えるが、"language" は手段でしかなく、伝統あるいは古典に対して新しい教育を批判している（10）。また、1934年6月13日にサマーヴィル・コレッジの学寮祭で発表した講演 "What is Right with Oxford ?" では、大学教育への批判を行っている。この時セイヤーズは41歳の誕生日を迎えており、長い間疎遠になっていた母校に有名作家として戻り同窓会に出席したのだった。セイヤーズは、ここでも学びの意義を問うているのである。

> If learning is foolish and out of date, then Oxford is foolish and out of date too. But if not, then, with so many voices raised to tell us what is wrong with Oxford, let somebody have the courage to say loudly and clearly what is right with her.（"What is Right with Oxford?" *God, Hitler and Lord Peter Wimsey* 18）

大学教育が学位取得と社会へのパスポートではなく、そこは本質的な学びの場であるべきことをセイヤーズは強調する。それは、学位は取れなかったが学びを堪能したセイヤーズが力説するからこそ意味を持つ。セイヤーズの大学教育への疑問を具現化した作品が『学寮祭の夜』であり、ハリエットとスリューベリー・コレッジの同窓生たちが卒業後に経た多様な人生そのものが、『学寮祭の夜』のテーマなのである。

ハリエットに思いを寄せるピーター・ウィムジー卿（Lord Peter Wimsey）は、『学寮祭の夜』では、事件解決の立役者ではなく、男女平等論者として登場する。彼は、危険に巻き込まれていくハリエットに、最後まで諦めずに取り組むように助言する。ハリエットの知性の高さを認めるだけでなく、精神的な自立を応援するピーター卿は、理想的な男性として提示されている。その上、彼は名門の貴族の出で、オックスフォード大学のベイリオル・コレッジ（Balliol College）を卒業しており、金髪で端正な顔立ちと際立った品位を持ち備えている。現実には存在しないような理想的男性をセイヤーズはここで強調している。

このハリエットとピーター卿の愛は、高尚なプラトニックラヴとして作品の最後を飾る。しかし、セイヤーズは、ハリエットとは異なり、推理小説家として成功してもそこで自分の人生を終わらなかった。彼女は、宗教的、哲学的および歴史的英知を生かして時代の表現者となっていった。第二次世界大戦中に、BBC では彼女のラジオ劇が放送され、その成功により講演を行い、随筆を出版して、新たな世界観や価値観を提示していった。

特に、第二次世界大戦中にセイヤーズが行った講演には、時勢を見据え、さらに時代を超えた思想が含まれている。戦争で荒廃したヨーロッパに平和が訪れる時には、新しい価値観が生まれることを望み、セイヤーズは自らの政治的見解を提示した。この声明は、男性社会から締め出されたセイヤーズが長年抱いてきた思いであり、彼女の人生の軌跡がフェミニズムの軌跡なのである。

6. ジル・ペイトン・ウォルシュが対峙した男性優位の社会と出版界

ウォルシュは、セイヤーズと同様、男性優位の大学、社会、そして出版界と対峙することになる。ウォルシュは、第二次世界大戦前にロンドンにおいて、父親はBBCのテレビとラジオのエンジニアで、母親は主婦という家庭に生まれた。[12] しかし、父親が亡くなり、ウォルシュが3歳の時、1940年に第二次世界大戦の爆撃から逃れて、コーンウォールのセントアイブズの祖母の家に母親と兄弟たちと疎開する。しかし、祖母が亡くなったため、1944年に一家はロンドンに戻った。そして、第二次世界大戦後の復興期のロンドンで青少年時代を送り、ロンドンにあるローマ・カトリック教会系の女子校グラマースクールに進学した。そして、オックスフォード大学のセント・アンズ・コレッジに進学して英文学を専攻し、C. S. ルイスやトールキンの講義にも出席した。ウォルシュは、第二次世界大戦後に新たな扉を開けた女性を象徴すると同時に、男性優位の社会と出版界に対峙した女性作家の困難を背負った。

ウォルシュは、オックスフォード大学卒業という学歴を持ちながらも、結婚により専門職を辞して家庭に入り家事と育児に専念する。1959年にオックスフォード大学を卒業後にはグレータ・ロンドン北部にあるインフィールド・カウンティ・グラマー・スクールの教員となり、1961年にはオックスフォード大学で出逢ったアントニー・エドマンド・ペイトン・ウォルシュ（Antony Edmund Paton Walsh）と結婚した。そして、第一子を妊娠すると1962年に退職することになる。彼らは、ロンドンの西南の街リッチモンドに居を構えた。その後、ウォルシュは息子一人と娘二人を産み育てた。この最初の結婚により、ウォルシュは伝統的な女性の領域に身を置くことになった。

歴史小説や青少年文学は、ウォルシュが作家活動に入っていくための出発点となった。家事と育児に多忙な生活を送りながらも、ウォルシュは創作活動に専念するようになる。そして、1966年から1995年の間に次々と歴史小説と青少年文学作品を刊行すると人気を博した。デビュー作品の『ヘンギストの物語（*Hengest's Tale*）』は、5世紀のジュート人王ヘンギストを主人公とした悲劇である。1974年刊行の『皇帝の死衣（*The Emperor's Winding Sheet*）』では、ローマ帝国の歴史を背景に、コンスタンチノープルが崩壊して皇帝コンスタンティウスが滅びていくことを描いた。また、セントアイブズのゴールデングローブ荘に集う人々を描いた青少年文学の2作『夏の終わりに（*Goldengrove*）』と『海鳴りの丘（*Unleaving*）』は、それぞれ1972年と1976年に刊行された。さらに、社会派の作品も多く手掛け、第二次世界大戦以降のイギリス社会の変遷を描いた。1967年刊行の作品『ドルフィン号海峡を渡る（*The Dolphin Crossing*）』では、ダンケルクで駐留したイギリス軍の兵士を救出するために英仏海峡を渡る少年の話を描いた。また、1978年刊行の『不幸な子供（*The Chance Child*）』は、産業革命が興る前に若い労働者が酷使され虐待されていたことをテーマとしている。

これらの作品ですでに作家としての地位を確立していたウォルシュは、1993年に推理小説を発表して大きな転換期を迎えた。デビュー作品『ウィンダム図書館の奇妙な事件（*The Wyndham Case*）』を出版した1993年から2007年までの間は、ケンブリッジ大学の架空の学寮、セント・アガサズ・コレッジを舞台に、女性学寮付き保健師（college nurse）イモージェン・クワイ（Imogen Quy）を主人公とする推理小説を4作品発表した。さらに、セイヤーズの未完の作品を引き継ぎ、ピーター・ウィムジー・シリーズを1998年から2013年の間に合計4冊出版した。しかし、ウォルシュの経歴は、波乱に満ちた人生によって、構築されたものであることを認識しなければならない。

児童文学作品を刊行し始めるとウォルシュの世界観は広がり、さらなる可能性を求めるようになる。その中で、ウォルシュは1970年代初めに出会った児童文学作家ジョン・ロー・タウンゼンド（John Rowe Townsend, 1922-2014）と恋におち人生を共にする。ウォルシュとタウンゼンドはアメリカへ講演旅行に訪れた。また1985年からはケンブリッジの住人となり、そこには多くの文学者たちが集まり、セントアイブズの芸術に囲まれて暮らした。1986年、ウォルシュは娘が18歳になった時に夫と正式に離婚して、タウンゼンドをパートナーとして暮らし続けた。2003年に元夫のアントニーが亡くなると、翌年、ウォルシュはタウンゼンドと再婚している。ウォルシュとタウンゼンドは、1994年にグリーン・ベイ出版社（Green Bay Publications）を立ち上げ、出版社の意向を気にせずに自由に自分たちの作品を出版する場を作り上げた。これは、ヴァージニア・ウルフと夫のレナード・ウルフ（Leonard Woolf, 1880-1969）が、リッチモンドでホガース出版社（Hogarth Press）を立ち上げた目的と同じである。実際、ウォルシュが 1994 年にグリーン・ベイ出版社から出版してブッカー賞の候補となった『ノリッジ・オブ・エンジェルズ（*Knowledge of Angels*）』は、他の出版社から出版を見送られた作品だったのである。『ノリッジ・オブ・エンジェルズ』は、中世の地中海に浮かぶ架空の島が舞台に繰り広げられるディストピア小説である。実験的な要素が強い作品であるため、評価が分かれる作品である。しかし、それまで児童文学や推理小説を書いてきたウォルシュが本格的な小説を発表したことに意義がある。

2014 年にタウンゼンドが亡くなった後、ウォルシュは 2020 年に第 3 代ヘミングフォード男爵ニコラス・ハーバート（Nicholas Herbert, 3rd Baron Hemingford）と 3 度目の結婚をした。ウォルシュは 40 年以上事実上のパートナーだったタウンゼンドを亡くし、ハーバートは 60 年間も連れ添った妻に先立たれていた。ハーバートは政治家であり、ジャーナリストでもあった。彼との結婚により、ウォルシュはレイディ・ヘミングフォードとなった。しかし、ウォルシュは結婚して 3 週間後に亡くなってしまった。人生の最後まで、自分自身の自由な生き方を貫いたウォルシュは、男性優位の社会と出版界に挑戦し続けたのである。

7. ドロシー・L・セイヤーズの後継者となったウォルシュが探求した世界

ウォルシュがセイヤーズの後継者となったことは偶然ではなく、推理小説に作家人生をかけたウォルシュにとって必然であったと言える。それは、ウォルシュの推理小説デビュー作品である『ウィンダム図書館の奇妙な事件』を分析すると、彼女がセイヤーズの推理小説に影響を受け、推理作家として自らの世界を構築しようとする意志が読み取れるからだ。特に、ケンブリッジ大学を舞台とする『ウィンダム図書館の奇妙な事件』とセイヤーズのオックスフォード大学を舞台とする『学寮祭の夜』とを比較すると、ウォルシュが最終的にセイヤーズの作品を完成させ、さらにセイヤーズの後継者となっていったことが明確となる。それらの作品では、男性中心主義により構築されてきたオックスブリッジに対抗して、専門職に就く女性探偵が活躍して難事件を解いていく。女性学寮付き保健師のイモージェンの人生と大学が内包する性の政治学は、セイヤーズが創り出したハリエット・ヴェインが遺した課題なのである。

『ウィンダム図書館の奇妙な事件』は図書館の蔵書を巡るミステリーで、事件は図書館で学生の一人フィリップ・スケロー（Phillip Skellow）が死体で発見されたことで始まる。ウィンダム図書館は 17 世紀の学者クリストファー・ウィンダムが寄贈した私設図書館として設定されており、そこで稀少本である『バーソロミュー』の二つの版を巡る利害関係がもたらした悲劇が起こる。フィリップは経済的に豊かでない家の出身であったために、図書館の希少本を盗んでいたと汚名を着せられる。彼はグラマースクールの出身であるために学寮のルームメイトから嫌がらせを受けており、学寮内でいじめがあったことが示唆されることから、ケンブリッジ大学における階級差別が根底に存在することが明確となる。

ハリエットと同様、イモージェンはケンブリッジ大学で学んだ秀才であるにもかかわらず、男性関係で一度は人生を棒に振り、再起をかけて仕事に就いた女性である。大学時代は医学を学ぶ学生であったイモージェンは、恋人がアメリカの大学に引き抜かれて渡米する教授に同行することになったため、彼女も大学を中退して彼について行った。しかし、彼はイモージェンを捨てて、優秀で縁故者もあるアメリカ人女性に乗り換えてしまった。傷心のイモージェンは一文無しでイギリスに帰国するが、ケンブリッジ大学に戻ることもできず、看護師になる決意をする。看護師としてインドに渡るつもりが、両親の介護のために実家があるケンブリッジに戻り、セント・アガサズ・コレッジの学寮付き保健師のパートをしながら、両親を看取った。そして、両親が貯蓄とニューナム地区にあるヴィクトリア時代のテラスハウスを遺してくれたため、ケンブリッジに住み続けて学寮付き保健師の仕事も続ける。一人で住むには広すぎるテラスハウスに下宿人を 3 人おき、駐車場も貸し出して、家賃収入も得ている堅実な女性である。さらに子供の頃には父親を訪ねてきた小説家 E. M. フォースター（E. M. Forster）とお茶をしたという設定になっており、イモージェン自身も文学への造詣が深い。恋愛に失敗しているために男性との交際には慎重であるが、32 歳のイモージェンは経済的にも精神的にも自立した大人の女性なのである。

　しかし、イモージェンが就いているケンブリッジ大学における学寮付き保健師という職業は、差別と偏見に晒されている。作品の中では、イモージェンの同僚の多くが学寮の敷地内の片隅や地下の保健室に追いやられて日陰の身のような存在である。彼らと比べると、イモージェンはより恵まれた環境で仕事に打ち込んでいる。彼女は学生たちの心と体の健康を管理するだけでなく、経済的に豊かでない学寮の財源を確保することでストレスがたまっている学寮長に鎮静剤を用意するなどの気配りができる。何より、彼女自身がケンブリッジ大学で学んだことがある体験から、学生たちが抱える様々な問題を把握しているのだ。

一方で、小説では、学寮内には男性教員や男性職員からの女性の保健師への偏見が潜在していることが随所に散りばめられており、イモージェンも例外ではない。学寮のチャプレンが、チャプレンの地位が保健師の地位並みになったというたとえで評議会に訴えた時には、それは差別発言だと多くの人が抗議してイモージェンを擁護した。イモージェンに好意を寄せるフェローのロジャー・ランボールド（Roger Rumbold）が、インフルエンザにかかったゲストの替わりにイモージェンをハイテーブルに着かせた時に、彼女への蔑視と共に発せられた言葉がきっかけだった。また、事件の核心に迫ってきたイモージェンが、ウィンダム図書館長に質問を浴びせた時に、彼は学寮付き保健師の様な者の質問になぜ答えなければならないのかという不満を口にする。さらにイモージェンのテラスハウスの下宿人である、引退した元教授のワイリーは事件の核心に迫った人物であるが、イモージェンに女性差別的な発言をする。彼が稀少本のコレクターであったために、その中で最も価値がある『バーソロミュー』が盗難にあった上に、彼が監禁されたその被害に対して法的措置を取るように諭すイモージェンに、女性は物事への配慮が足りないことを非難する。すなわち、彼は、盗難や監禁がスキャンダルになり、学寮が苦境に立たされることを最も恐れていたのだ。最終的に学寮長は、問題を起こしたウィンダム図書館長と大学図書館長の二人を解雇することで事件に終止符を打った。これらイモージェンへの差別的発言は、女性であることと女性に開かれた職業である保健師の社会的地位の低さを表わしているのだ。

イモージェンは、並外れた人間力で周囲の人々に影響を与え、また問題を解決していく。イモージェンの理解者には、彼女に好意を持ち同等の関係を築こうとするロジャー以外に、マイク・パーソンズ（Mike Parsons）巡査部長と学寮長の妻、通称レディ・B（Lady Buckmote）がいる。マイクとは救急隊の研修で知り合って以来友人関係であるが、彼はイモージェンとは恋人関係にはならず、彼女が事件を解決する時の相棒である。もう一人の相棒がレディ・Bで、彼女は学寮長の妻という立場を越えてイモージェンと対等に話し合い、共に問題を解決して行動に移そうとする才女である。マイクもレディ・Bもイモージェンのプライバシーに深く踏み込むことをしないが、イモージェンの能力を認めており、信頼関係を保ちながら協力関係を築いている。マイクは事件後に事情聴取に非協力的な学生たちに手を焼いていた時に、学生たちに信頼されており冷静に彼らと対処できるイモージェンに協力を仰ぐ。そして、レイディ・Bは、イモージェンと共に、稀少本を持ち帰ってしまいスコットランドのスカイ島に引退した女性の製本職人を訪問するのである。レイディ・Bはイモージェンのプライベートな側面に興味があり、彼女のユニークなバックグラウンドを理解しているだけでなく、彼女の自立心を尊敬さえしているのだ。そして、事件解決後に、イモージェンのもとを訪れたフィリップの恋人が妊娠を告げると、そのニュースをイモージェンが彼の両親に知らせようするところで小説が終わる。イモージェンの知性と冷静な判断能力は、性差と階級を超えて、事件を解決に導くだけでなく、被害者への共感と理解へと繋がり、そこにウォルシュが目指した新しい女性の探偵像が浮かび上がるのである。

8. 結論

異なる時代を生きたセイヤーズとウォルシュは、19 世紀後半から 20 世紀後半という一世紀の間に社会が移り変わる中で、イギリスが誇る推理小説のジャンルに挑戦してきた女性作家である。19 世紀に興った女性への高等教育、特に大学教育への門戸開放、女性参政権運動と警察との対峙など、父権制と制度化された性差別への挑戦として、女性推理作家たちは女性探偵を活躍させた。セイヤーズの精神は、ウォルシュへと受け継がれ、経済的に自立した女性が主体性を持ち、冷静な判断能力と深い考察、さらに社会的弱者への理解とエンパシーを持ち合わせて、社会の悪と対峙していく女性探偵の人生も受け継がれていった。

注

1：セイヤーズに関する箇所は、臼井『ふだん着のオックスフォード』第十三章を加筆修正したものである。
2：イギリスにおける女性高等教育に関しては、Bryant, Copleman、Martin、Purvis、Roach を参考とした。

3：Brockliss（372-76）を参照とした。
4：オックスフォード大学における女性の門戸開放と women's colleges（ここでは、女性学寮と表記）に関しては、Brittain、Brockliss、Darby を参照とした。
5：日本語では、扇情小説と訳されることがある。
6：セイヤーズ、「犯罪オムニバス（1928-29）」（57-58）の日本語訳を参照とした。
7：女性探偵に関しては、Clarke, *British Detective Fiction 1891-1901: The Successors to Sherlock Holmes* を参照とした。
8：Kestner（28-29）と Marcus（vii）を参照とした。
9：C. L. Piskis に関しては、Clarke, *British Detective Fiction 1891-1901: The Successors to Sherlock Holmes*（61）を参照とした。
10：横井司、「解説」、セイヤーズ、『学寮祭の夜』（72）を参照とした。
11：セイヤーズの人生に関しては、Durkin、Fredrick、Reynold を参照とした。
12：ウォルシュに関しては、Garrett と *The Guardian* などの新聞に掲載された追悼記事などを参考とした。

第七章　『鐘』から読むアイリス・マードックの「愛」の哲学

高橋　路子

1. 序文

アイリス・マードック（Iris Murdoch, 1919-1999）は、オックスフォード大学のサマーヴィル・コレッジで Greats（ラテン語、ギリシャ語、文学、古典、哲学）を学び、1942 年に卒業した後は、大蔵省での仕事を経て 1944 年から 2 年間ほどベルギーとオーストリアで連合国救済復興機関（UNRRA）の職員として働いた。その後、1948 年から 15 年間、オックスフォード大学のセント・アンズ・コレッジで哲学を教えた。常勤職を退いた後も英文学教授で批評家の夫ジョン・ベイリー（John Bayley, 1925-2015）とオックスフォードに居住し、執筆活動を続けた。ロンドンのケンジントンにもフラットを持っていたが、オックスフォードを離れられないことについてマードックは、“one is constantly surrounded by clever and imaginative people—they are all on the doorstep”（Horan 225）と語っている。

マードックは、パブリックスクール時代の恩師の影響でソビエト連邦（USSR）を理想国家と考え、共産党に入党し活動した時期もあった（Conradi, *Life* 89)。大学ではプラトン（Plato,

428/7-348/7B.C.）を読み、プラトンの考え方を"despised"（Conradi, *Life* 87）していたが、『善の至高性―プラトニズムの視点から（*The Sovereignty of Good*）』（1970）では一貫してプラトン主義を主張している。反対に、サルトル（Jean-Paul Sartre, 1905-1980）に感銘を受け、彼の思想にのめり込んだ時期もあったが、『サルトル―ロマン的合理主義者（*Sartre: Romantic Rationalist*）』（1953）では一転して実存主義を批判している。奨学金を獲得し、1947年から1年間ケンブリッジ大学のニューナム・コレッジで哲学を学んだ際にはウィトゲンシュタイン（Ludwig Wittgenstein, 1889-1951）の言語哲学に興味を示していた。それと同じ頃、宗教にも関心を抱き、ケント州にあるモーリング尼僧院を訪問している。[1] 晩年はチベット密教や日本の禅にも関心を持っていたようである。

以上の経歴は、マードックがあらゆる思想や考えに対して極めて寛容であったということを示している。たとえ後にそれとは対立する立場をとるようになったとしても、まずは何であれ先入観を持たずに受け入れる度量の大きさがうかがえる。同じくオックスフォード大学の卒業生で哲学者のメアリー・ウォーノック（Mary Warnock, 1924-2019）が彼女のことを"magpie"に例えているのも一理あるのかもしれない。マードックは収集癖のあるカササギと同じように"flying over a wide field, picking up what caught her eye and making it her own"（Warnock 94）する傾向があったようである。

マードックに特徴的とも言えるこの寛容性、すなわち他者をまずは受け入れるという姿勢は、生涯のうちで彼女が最も影響を受けた人物の一人であるユダヤ系フランス人の思想家シモーヌ・ヴェイユ（Simone Weil, 1904-1945）の“attention”の思想に負うところが大きい。オックスフォード哲学とサルトルの実存主義に共通する唯我論的な「善」のあり方（“the self-centred concept of sincerity”）から、ヴェイユが説く他者を主体とした「善」の在り方（“the other-centred concept of truth”）へのコペルニクス的転換はマードックの哲学と文学の根幹を成している（“Against Dryness” 22）。

本稿では、マードックの初期の代表作『鐘（*The Bell*）』（1958）に焦点を当てて、そこで展開されるマードックの道徳哲学と文学の関係性について、小説とほぼ同時期に発表された彼女の哲学および芸術論を参照しながら読み解いていく。オックスフォード哲学界のアウトサイダーとしてマードックが訴えたものは何であったのかを論証した上で、最後はマードックが提唱する「愛」の哲学が21世紀の時代において持つ意義について考察する。

2．マードックの哲学と文学

マードックは極めて多作な作家で、26編の長編小説と4冊の哲学書に加えて、数多くの芸術論文や哲学論文、さらには戯曲や詩を残している。マードックはインタビューの中で、小説と哲学は“a different game, a different way of thinking and a different way of writing”であるとして、自分は“philosophical novelist”ではないと主張している（Kenyon 137）。しかし、『鐘』とほぼ同時期に発表された“The Sublime and the Good”（1959）、“The Sublime and the Beautiful Revisited”（1960）、“Against Dryness”

(1961)は芸術(文学)論であると同時に哲学論でもあり、マードックの文学と哲学を切り離して考えることは到底不可能である。

"The Sublime and the Good"(以下 "The Sublime")の中でマードックは、20 世紀の文学と哲学は同じ問題に直面しており、それはリアリティにまつわる認識論的な問題であると述べている。

> Art and morals are . . . one. Their essence is the same. The essence of both of them is love. Love is the extremely difficult realization that something other than oneself is real. Love, and so art and morals, is the discovery of reality. ("The Sublime" 51)[2]

マードックによると、リアリティとは自分の内に見出されるべきものではなく、自分の外にある。芸術と道徳は自分の外にあるリアリティを発見するという共通の目標を持っており、その本質は「愛」であると論じている。

マードックの 4 作目の小説『鐘』のテーマは「善」と「愛」である。小説の舞台は英国南西部グロスターシャー州にあるインバー・コート(court は屋敷、邸宅のこと)。敷地の相続後継人であるマイクル・ミード(Michael Meade)は、そこで平信徒のための宗教協同体の代表を務める。自ら望んで代表になったわけではなく、屋敷とは一本の堤道で結ばれたベネディクト派英国国教会僧院の尼僧院長から指名を受けたためである。この聖と俗の中間に位置するインバーで 11 人の男女が共同生活を送ることになった。僧院にある古文書を調査するためにインバーにやってきたポール・グリンフィールド（Paul Greenfield）と妻のドラ（Dora）を除けば、メンバーはみな僧院の指導を受けながら世俗から離れて "good life" を送るべく集まった "brotherhood"（*B* 301）である。[3] しかし、そもそも「"good life" とは何か」については曖昧で、メンバーの間でも合意があるわけではない。従って、読者は自ずと作品を通して突き付けられるさまざまな倫理的な問題について、登場人物たちと一緒に考えることになる（Nicol 102, 105）。

軍人の家系で使命感があり信仰も深いジェイムズ・タイパー・ペイス（James Tayper Pace）はリーダーシップもあることから仲間からの信頼も厚い。日曜日の早朝講話会で彼は自身が考える "good life" について語る。ジェイムズ曰く "[t]he chief requirement of the good life . . . is to live without any image of oneself"（*B* 133）である。ジェイムズの考えでは、「善」とは個人の内に見出されるものではなく、超越した完全なる存在（神）とその掟によって定められるものである。個人の理想や考えなどは、むしろリアリティを正確に把握する妨げとなる。従って、何故 "truth" は "glorious" なのか、何故 "sodomy" は "disgusting" なのかを我々自身が考える必要はなく、ただ神の掟に従う、それだけでよいのだ（*B* 134）。「善」とは "from outside inwards"（*B* 134）に働くものだとするのがジェイムズの考えである。

マイクルは、その翌週の講話会で敢えてジェイムズと同じテーマを取り上げることにした。しかし、マイクルの考える "good life" はジェイムズの考えとは真っ向から対立するものであった。マイクルはジェイムズと同じ言葉を使いながら "[t]he chief requirement of the good life . . . is that one should have some conception of one's capacities"（*B* 206）であると自身の見解を述べる。マイクル曰く、人はまず己を知り自身の適性を把握すべきである。というのも、何が "most real, most good, most true"（*B* 210）であるかは、その人がこれまでにどのような経験をしてきたかに大きく左右されるからである。そのためにも重要なのが "self-knowledge"（*B* 210）である。己を知ってこそあらゆる誘惑に打ち勝つことができるのだ、というのがマイクルの主張である。従って、マイクルの考える「善」とは "from inside outwards"（*B* 211）に向かうものなのである。

同性愛者であるマイクルには隠された過去があった。元教え子で現在インバーの同志として屋敷の離れで過ごしているニック・フォーリー（Nick Fawley）と最初に出会ったのは 14 年前のことで、当時マイクルはニックのパブリックスクールの教師だった。そこで二人は相思相愛の関係になったが、ニックの "betrayal"（107）があり、マイクルは学校を追われ、目指していた聖職者の道も断念せざるをえなくなったのであった。ニックはその後オックスフォード大学を卒業し、遺産を相続するとロンドンの金融街でしばらく華やかな生活を送っていたが、やがて自堕落な生活を送るようになっていた。あれから年月が経ち、偶然にもニックの双子の妹キャサリン（Catherine）が尼僧院に入会することになった。その準備期間としてインバーに滞在することになったのだが、キャサリンの希望もあり、キャサリンの兄のことを案じた尼僧院長の薦めで、いまだ不安定な生活を送っていたニックもインバーにやってくることになったのである。

この思いがけない再会に動揺を隠せないマイクルは、極力ニックと顔を合わせないようにして距離を置いていた。そこに秋からオックスフォード大学に進学予定のトビー・ガッシュ（Toby Gashe）という純真で好奇心旺盛な青年がインバーにやってくる。トビーの登場により “a strange sense of *déjà vu*”（*B* 173-74）が幾度となくマイクルを襲い、封印したはずのニックに対する感情が蘇ってくるのを感じ、マイクルは秘かに苦しんでいた。一方、男色は神の掟に反すると考えるジェイムズはニックを一目見て “pansy”（*B* 117）であるとして嫌悪感を露わにする。[4] 結果、ニックはインバーで完全に孤立してしまう。ニックの方から一度か二度マイクルに話かけようとしたことがあったがはぐらかされてしまう。

マードックは “The Sublime and the Beautiful Revisited”（以下 “Revisited”）の中で 19 世紀小説と 20 世紀小説を比較し、前者が優れている理由として “naturalistic conception of character” を挙げる（“Revisited” 266）。マードック曰く、“Dolly, Kitty, Stiva, Dorothea, Casaubon” のような個性あふれる登場人物が 20 世紀小説では見られなくなった原因は、個人ないし主体に対する人々の認識が変わったことにあると指摘する（“Revisited” 266）。[5]

そのような “general change of consciousness” に最も大きな影響を与えたのが、実存主義（サルトル）と言語学的経験論（ウィトゲンシュタイン）であるとマードックは論じている（“Revisited” 248）。そして、前者が生み出す個性を “Totalitarian Man”、後者を “Ordinary Language Man” と呼ぶ。サルトルの “Totalitarian Man” の特徴は、ヘーゲル的で “virtue is freedom is self-knowledge” という等式に表されるように、自己の内面ばかりを見つめていて神経症的（neurosis）である。一方、ウィトゲンシュタインの“Ordinary Language Man”はカント的で、日常語も含め自らが経験することが全てであり、あらゆる選択や判断は自己責任と考えるため“virtue is freedom is rational order”の等式で表される（“Revisited” 250）。先人の理性を重んじ“social convention”に盲従するのもこのタイプの特徴である。[6]

> . . . neither pictures virtue as concerned with anything real outside ourselves. Neither provides us with a standpoint for considering real human beings in their variety, and neither presents us with any technique for exploring and controlling our own spiritual energy.（“Revisited” 255）

マードックは、これら“Totalitarian Man”と“Ordinary Language Man”のいずれもが他者への眼差しを欠いており、利己的で孤独で唯我論的であるとして厳しく批判する。

『鐘』の中で“good life”についてそれぞれの見解を述べたマイクルとジェイムズは、この“Totalitarian Man”と“Ordinary Language Man”の特性をそれぞれ体現していると言える。マイクルが他に目を向けず、あくまでも自分の中で全て解決しようとする前者のタイプであるのに対して、[7] 掟や慣習に従うことが重要と考えるジェイムズは後者の特徴に当てはまる。[8]

マードックは、“[a] novel must be a house fit for free characters to live in”として、小説をさまざまな characters が暮らす家に例えている（“Revisited” 271）。彼女が小説で描くリアリティとは、サルトルやウィトゲンシュタインが考える個人主義的で孤独な a character の中にしか成立しないリアリティではなく、マイクルとジェイムズのように対立する考えを持った複数のcharactersが同時に存在するリアリティである。

マードックが19世紀小説のリアリズムを称賛するのも同じ理由からである。個人の経験や内面に焦点を当てがちな20世紀小説とは異なり、19世紀小説の大きな特徴は“a plurality of real persons more or less naturalistically presented in a large social scene, and representing mutually independent centers of significance”である（“Revisited” 257）。マードックが考える小説家の務めとは、作品を通して“that other people exist”つまり世界の中心は一つではなく複数の中心が同時に存在するリアリティを描くことである（“Revisited” 267）。マードックの小説に登場人物が多いのはそのためである。

3. オックスフォード哲学界のアウトサイダーとして

1948年にセント・アンズ・コレッジのフェローとして戻ってくる前から、マードックはオックスフォード大学ではかなりの有名人だったようである。[9] ウィンチェスター・コレッジ出身の共産党員フランク・トンプソン（William Frank Thompson, 1920-1944）との恋愛、連合国救済復興機関での活動、サルトルに直接会いにブリュッセルまで行った時のエピソードなど、オックスフォードのアカデミズムの中ではやや異色の経歴と噂の持ち主であったマードックは、“an exotic, and a romantic figure”（Warnock 73）として人々の注目の的だった。男女に関係なく“[m]any were in love with her, could not get enough of her company”（Conradi, *Life* 97）とマードックの古くからの友人で彼女の伝記を書いたピーター・コンラディ（Peter Conradi）が記録するように、彼女は多くの人々から愛された。

マードックがセント・アンズ・コレッジで哲学を教えていた1950年代のオックスフォード哲学界は、ちょうど黄金期を迎えていた（Warnock 46)。その中心的な存在であったクライスト・チャーチのギルバート・ライル（Gilbert Ryle, 1900-1976）始め、A. J. エイヤー（Sir Alfred Jules Ayer, 1910-1989）やJ. L. オースティン（John Langshaw Austen, 1911-1960）らが提唱したのは、科学や経験や言語に基づく論理実証主義的哲学であった。彼らの理論的根拠の中心にあったのは日常言語の分析であり、ウィトゲンシュタインの後期哲学の影響を大きく受けていた。そのような言語哲学および実証主義的哲学が主流であった当時のオックスフォード哲学界では、ウォーノックも回想する通り“[m] oral philosophy was a despised subject”（Warnock 46）であり、倫理学は哲学から排除される傾向にあった。というのも、「善」や「悪」など価値に関する命題は客観的妥当性が持てず検証不可能と見なされたためである。そのような中でR. M. ヘア（R. M. Hare, 1919-2002）は道徳哲学を肯定的に捉える数少ない哲学者であった（Warnock 46)。しかし、そのヘアでさえも善悪の最終的な判断は個人の自由な選択に基づくとする実存主義的な立場をとっていた。[10]

1970年発表の *The Sovereignty of Good*（以下 *The Sovereignty*）の中で、マードックはオックスフォード哲学批判および実存主義批判を展開している。ウィトゲンシュタインの言語分析は、オックスフォード大学の伝統的な経験主義に裏付けられるようにして、個人の経験による意志ないし判断に基づく倫理学が可能であると提起したが、そのような考え方は、自由な意志と選択に存在の根拠を見出そうとした実存主義と同じ過ちを犯しているとマードックは反論する。フロイト（Sigmund Freud, 1856-1939）が明らかにしたように“human conduct is moved by mechanical energy of an egocentric kind”であり、性的な欲求も含め人間本来の自己中心的なエネルギーを制御することは不可能である（*The Sovereignty* 51)。とりわけ道徳的な問題においては“the enemy is the fat relentless ego”（*The Sovereignty* 51）であり、利己主義こそが避けられなければならないにもかかわらず自己の意志と選択を倫理的判断の根拠とするのは誤りであるというのがマードックの主張である。

そこでマードックが提唱したのが「愛」を中心に据えた道徳哲学である。しかし、上述してきた通り、実証不可能な要素は認めず反形而上学的であったオックスフォード哲学界の当時の傾向を鑑みれば、「愛」などといった概念を持ち出すこと自体がタブーであり、マードックの考えに違和感を覚える人もいたであろうことは容易に推測される。次のインタビューの中でもマードックに向けられる質問それ自体に当時の英国哲学界の「常識」を垣間見ることができる。

> [David Gerard（interviewer)]: A philosopher can use the word “love” without embarrassment?
> [Murdoch]: That is an interesting question. I think many modern philosophers would feel they should avoid terminology of that sort; they would feel it could not be translated into the kind of philosophical terms they are using. It is a concept which is deliberately excluded by those who create certain types of philosophical terminology, it would suggest

> to them a religious approach, or they would find it was a muddled idea which they couldn't use.
> But after all love holds a central position in human life, and Plato, who founded western philosophy, placed it in his concept of Eros. Platonism passed into Christian theology. Philosophers should turn to these matters. I also believe that it is time for philosophy and theology to attend to each other.（Kenyon 142-43）

人間生活の中心にあるのは「愛」であり、西洋哲学の祖であるプラトンもエロスの存在を認めていたにもかかわらず、哲学が「愛」を取り上げないのは問題であるとマードックは答えている。

オックスフォード大学は、ケンブリッジ大学など国内外の名門大学に先駆けて女性に学位を授与した大学ではあるが、当初から女性の大学教育に対してとりわけ寛容であったというわけではない。そもそも女性がオックスフォード大学で学ぶことが公式に許されたのは1879年以降のことであり、マードックが学んだサマーヴィルも正式にコレッジとして認められるまでには長い年月がかかった。[11] ましてや女性が哲学を学ぶとなればさまざまな偏見があったことは言うまでもない。女性は学力の面でも不利であった。パブリックスクール出身の男子学生の大半が入学前にギリシャ語とラテン語を学んでいたからである（Lipscomb 27-30; Conradi, *Life* 86）。

そのような男性優位のオックスフォード哲学界からほぼ同時期に4人もの優秀な女性哲学者が誕生したというのは注目に値する。ウィトゲンシュタインの後継者としてのちにケンブリッジ大学の哲学教授となるエリザベス・アンスコム（Elizabeth

Anscombe, 1919-2001)、オックスフォード哲学に倫理学を復活させたフィリッパ・フット(Philippa Foot, 1920-2010)、人間と動物の倫理について科学的に分析をしたメアリー・ミグリー(Mary Midgley, 1919-2018)と、他者への眼差しを中心とした「愛」の哲学を唱えたマードックである。[12] ベンジャミン・リプスコム(Benjamin J. B. Lipscomb)は、同時期にオックスフォード大学で学び、生涯の友人でもあったこの4人に注目し、それぞれに方法は違えども男性優位とされていたオックスフォード哲学界に真っ向から立ち向かい、独自の哲学理念を確立したその功績を讃えている。

マードックは1953年にサルトル論を発表し、1955年にはBBCのラジオ番組でオックスフォード哲学界を代表する錚々たる面々と "Metaphysics and Ethics" というテーマで討論するなど、当初はフットよりも次世代の哲学者として期待されていたと考えられる(Broackes 4-6)。ところが、1954年に処女作『網の下(*Under the Net*)』を発表したあたりから、マードックは "a more abstracted path" を歩み始め、徐々に哲学界の表舞台から姿を消していく(Broackes 5)。しかし、それは哲学への関心が失われたためでは決してない。マードックは50年代後半以降も、哲学について講演したり、哲学の論文や哲学書を発表したりしている。

米国ブラウン大学の哲学教授であるジャスティン・ブロックス(Justin Broackes)は、マードックがオックスフォード哲学界から距離を置き始めた理由は3つあると分析している。

Her success and delight at writing novels, the increasing impact of

> Hare's approach in moral philosophy, the difficulty of domesticating with the existing philosophical world the new ideas she was developing from Weil.（Broackes 19-20）

引用の最後に言及されるシモーヌ・ヴェイユの影響はとりわけ重要と思われる。マードックは 1950 年代に入ってからヴェイユの『根を持つこと（*Need for Roots*）』を読んで感銘を受けており（Conradi, *Saint* 16）、*The Sovereignty* の中でも繰り返しヴェイユの "attention" について言及している。

劣悪な条件下で働かされる労働者の気持ちを理解するために自らも工場で働き、戦争中は強制収容所の人たちが与えられるのと同じ食事しか口にせず、自ら前線に立つことを嘆願したというヴェイユの "morality was a matter of attention not of will" という考え方と彼女の生き方にマードックは強く心を動かされる（"Against Dryness" 22）。そして、自己中心的な思考ではなく利他的な思考に基づく道徳哲学に方向性を見出したのである。

> I have used the word 'attention', which I borrow from Simone Weil, to express <u>the idea of a just and loving gaze directed upon an individual reality</u>. I believe this to be the characteristic and proper mark of <u>the active moral agent</u>.（*The Sovereignty* 33）

こうしてマードックは、自己の経験と知を絶対的根拠としたオックスフォード哲学と、主体の自由な存在を重視したサルトルの実存主義から離れ、他者を主体としたヴェイユの考え方にますます傾倒していく。

それと同時に、マードックが小説家という道を選択したことも彼女が哲学界で正当な評価を得られなかった要因につながったとブロックスは指摘する。*The Sovereignty* が発表された時も、それがマードックの長年にわたる研究の成果であり、他に類を見ないような意欲的な哲学書であったにもかかわらず、“the work of a novelist who had once been a philosopher” として片付けられてしまったとブロックスは述べている（Broackes 8）。長年マードックの親友であったフットでさえも彼女について哲学界を去った人間として語っている。[13]

リプスコムはマードックを始めとする同期の 4 人の女性哲学者について、彼女たちは女性であることに加え、当時のオックスフォード哲学界のあり方に異議を唱えたという意味で “doubly outsiders”（Lipscomb xii）であったと述べている。マードックに至っては小説を書くことでさらに “triply outsider” の立場に置かれていたとも言える。

4. 愛の眼差し

『鐘』では「善とは何か」と同様に「愛とは何か」も重要なテーマとなっている。インバーの屋敷の正面には「我が愛」という意味のラテン語の文字が掲げられ、[14] 湖中に沈んでいるという伝説の鐘の表面には「我は愛の声なり。我の名はゲイブリエル」という意味のラテン語が刻印されている。[15] 言い伝えによると、14 世紀頃、ある尼僧に恋人がいて、罪を告白し懺悔するよう求めても応じなかったため司教が呪いをかけたところ、鐘がまるで鳥のごとく塔から飛び出し湖の中に落ちた。これを見た罪深き尼僧は僧院の外に飛び出し、湖に身を投げたという。このたびキャサリンが尼僧院に入るのに合わせて、新しい鐘が尼僧院に届けられることになっていた。新しい鐘も伝説の鐘と同じくゲイブリエルと命名されたが、表面に刻まれた銘文からは「愛」の文字は消え「我は死者を悼み、生者を呼び集め、雷をも打ち挫く」という内容のラテン語の文句が刻まれている。[16]

新旧の鐘に刻まれたそれぞれの銘文は対照的で、"two opposing standards of morality, an ethics of judgment and an ethics of love" を象徴しているとシャロン・ケイヒルとハワード・ジャーマン（Sharon Kaehele and Howard German）は指摘する（Kaehele and German 557）。ケイヒルとジャーマンによると、同じ名前だが新しい鐘のゲイブリエルは最後の審判で死者を蘇らせる天使（the Gabriel of the Last Judgment）を、中世の鐘のゲイブリエルは受胎告知の天使（the Gabriel of the Annunciation）をそれぞれ表しているという（Kaehele and German 557）。

これら二つの鐘は、登場人物たちの倫理的葛藤を象徴しているとも解釈できる。ドラも直感的本能と理性との間で揺れ動く人物の一人である。彼女は、インバーにやってくる前までロンドンで恋人と暮らしていた。しかし、彼女は夫から逃げ出したのと同じ理由、すなわち "from guilt, and with guilt came fear"（*B* 1）のために、彼のもとに戻る決意をしたのであった。13 歳も年上のポールは自分より教養も社会的地位もあり、ドラは常に負目を感じていた。自分がポールに不釣り合いであることを夫の態度や視線だけでなく周囲の視線からも感じていた。それはインバーでも同じであった。ドラはここでも常に見られていると感じた。到着直後に参加した終祷でシスター・アーシュラが彼女に向ける視線（*B* 29）やマーク夫人の彼女を咎めるような視線（*B* 33, 58）から、場違いなところに来てしまったと感じていた。ドラは見られることを意識するがあまり、自分で見ることができなくなっていた。

> She felt herself watched. Everyone, she imagined, was covertly observing her to see if she was cheerful, to see if she was settling down with her husband. She felt organized and shut in.（*B* 187）

ドラが姿見で自分の姿を確認する場面が何度かあるが、周囲から見られている自分と自己同一化できないように、ポールに愛されている時の自分も、鏡に映る自分でさえも “all imaginary . . . unreality . . . half-waking fantasy”（*B* 187）と感じられた。

作品のクライマックスは、鐘をめぐるドラとトビーの計画を中心に展開される。偶然にもトビーは湖の底に伝説の古い鐘が沈んでいるのを発見したのだが、二人は新しい鐘が尼僧院に運ばれる記念行事のどさくさに紛れて、新旧の鐘をすり替えるという無謀な計画を立てていた。結局、想定外のことが重なって計画は決行されなかったが、雨が降る暗闇の中、ドラはたった一人で長年沈黙を続けてきた伝説の鐘の音を響かせる。この時、ドラはまるで我を忘れたかのように鐘を鳴らし続けるのであった。

鐘の音により自意識から解放された瞬間、ドラに大きな変化が起こる。これまで見られるだけであったドラが今度は見る人となり、翌朝の記念式典で起こる悲劇を語るのである。従って、続く第 23 章はドラの目が全ての鍵を握ることになる。[17] 読者は、ドラの目を通して、新しい鐘がマイクルとキャサリンはじめ地元の有志たちに伴われて尼僧院に運ばれていく様子を見る。そして、その途中で堤道が崩れ、新しい鐘が湖の中に落ちて沈むのを目撃するのである。

さらに、ドラの目はその騒動の最中にキャサリンが一人抜け出し森の中に入っていくのも見逃さない。周囲の誰も気に留めなかったが、直感的に異変に気付いたドラはキャサリンのあとを追い、彼女が湖に入って命を絶とうとするのを身を挺して止めようとする。ドラは泳げないため、彼女自身も溺れかけるが、泳ぎの名手であるマザー・クレアの活躍もありキャサリンもドラも命を取り留める。[18] 作品のクライマックスで起こるドラの変化、すなわち、見られる人から見る人への変化は、わが身の危険を顧みずに水の中に飛び込んだ彼女の行動からも分かるように、自分以外の他者に目を向けることのできる「愛」の人へと彼女が成長したことを示している。

『神を待ち望む』の中でヴェイユは、「愛」には 3 つの形態があると述べている。隣人に対する愛、祈りに表されるような宗教的な愛、そして世界秩序に対する愛である。隣人愛とは不幸な境遇にあり無力で物のようになった人に目を向けること、気づくことである。その際、他に注意を払うということは自己放棄でもある。「自分の能力を広げるのではなく、自分とは無関係に、自分ではない他の存在をただ現に存在させるエネルギーの消費に集中することで人間は、自らが縮小することを受け入れる」（ヴェイユ 213)。祈りと世界秩序に対する愛も同様である。ヴェイユは「信仰とは目に見えないものを見る眼差しである」という聖パウロの言葉を引用しながら、「見えないものを見る」のが信仰であり愛であるとする（ヴェイユ 216）。世界秩序への愛もまた「自分自身を否定すること、世界の中心を想像のうちに置くのをやめること、世界のあらゆる点が同等に中心にあり、真の中心は世界の外にあるのを見極めること」である（ヴェイユ 227）。自分の世界が中心にあると想像することを放棄するということは、「現実に目覚めることであり、永遠に目覚めることであり、真の光を見ることであり、真の沈黙を聴くことである」と説いている（ヴェイユ 226）。

これらの「愛」から分かることは、ヴェイユが提唱しマードックが感銘を受けたという "attention" すなわち「眼差し」という概念は決して受動的なものではなく、極めて能動的なものであり、努力を要するということである。ヴェイユの「眼差し」とは「善」へと向かう努力を行うことに他ならない。そして、その努力をすることが「愛」なのである。このことは冒頭でも引用した "The Sublime" の 1 節 "[l]ove is the extremely difficult realization that something other than oneself is real"（"The Sublime" 51）に通じている。自分の外のリアリティに目を向けて、それを認めることは決して容易なことではない。

『鐘』の尼僧院長がニックのことで苦しんでいるマイクルに対して与える助言も「愛」についてであり、"[i]mperfect love must not be condemned and rejected, but made perfect"（*B* 243）と言って彼を悟す。たとえ不完全なものであっても「愛」を拒絶するのではなく、完全なものにする努力をしなければならない。過ぎたことばかりを振り返るのではなく、前を見つめなさいと。しかし、この時のマイクルは尼僧院長の目を直視できずにいることからも分かるように、自分の心の中の葛藤に囚われている。マイクルが自分のことばかりでなく周りの様子にもっと目を向けることができていれば、鐘をめぐる一連の惨事、さらにはニックの自殺を防ぐことができたかもしれない。

ドラが成長する契機となったものとして、鐘の音や湖の水がある他、絵画もまた重要な役割を果たす。周囲から常に様子を探られていることに耐え切れなくなりインバーを逃げ出したドラが向かった先は、ロンドンにあるナショナル・ギャラリーであった。そこは彼女が心の平穏を取り戻せるお気に入りの場所であったが、二人の娘を描いたゲインズバラ（Thomas Gainsborough, 1727-1788）の作品の前に立った時、ドラはかつて経験したことのないような感動を覚える。次の引用はドラのエピファニーの瞬間を描いた箇所である。

> Today she was moved, but in a new way. She marvelled, with a kind of gratitude, that they were all still here, and her heart was filled with love for the pictures their authority, their marvellous generosity, their splendor. It occurred to her that here at last was something real and perfect. . . . The pictures were something real outside herself, which spoke to her kindly and yet in sovereign tones, something superior and good whose presence destroyed the dreary trance-like solipsism of her earlier mood. When the world had seemed to be subjective it had seemed to be without interest or value. But now there was something else in it after all. . . . She felt that she had had a revelation. (*B* 196)

ドラがここで心を動かされたのは、ゲインズバラの絵画の中に完成されたリアリティを見出したからに他ならない。自分が今どれほど苦しい思いをしていたとしても、自分の外にある世界に気付くことで救われたのである。ドラに “solipsism”（独りよがりの世界、自分だけが苦しいという考え方）から脱出するきっかけを与えてくれたのは、自分の外に完全な世界があるという “revelation” である。

優れた芸術家とは、自分の外にある他者のリアリティを知り、理解しようと努め、尊重し、それを表現する。その意味において、芸術家とは “the analogon of the good man” であるとマードックは述べている（“Revisited” 270）。優れた芸術家は「善」を提示することで、読者ないし観客に働きかけ、彼らの眼差しを内から外へと向けてくれるのである。

5. 結論

マードックは、晩年はアルツハイマー病になり執筆活動を断念せざるをえなかったが、それでも最後まで「善とは何か」、「愛とは何か」を考え続けた哲学者であり小説家であった。他者への眼差しの大切さを知っている彼女だからこそ、多くの人を愛し、愛される生涯だったのであろう。

21 世紀は多様性の時代を迎えたが、さまざまな価値観が同時に存在するがゆえに、「何が善」で「何が悪」なのかがますます見えなくなってきている時代でもある。加速化する情報社会、人工知能、宇宙開発、さらには気候変動による異常気象、食料不足、貧困の問題に加えて、ますます拡大する核の脅威など、未だかつて人間が経験してこなかったようなことが次々と起こる時代である。そのような時代であるからこそ、唯我論的に自分の知識と理性だけを頼りにするのではなく、他者に目を向けることが重要となってくる。マードックは自分の外のリアリティに目を向け、他者を認め、理解しようと努め、尊重することの大切さ、すなわち道徳の大切さを訴えた。マードックの哲学と文学の今日的価値はまさにそこにあると思われる。

注

1：マードックは1946年10月3日から9日にかけてケント州のモーリング尼僧院を訪問し、尼僧院長と面会している。モーリングは1090年頃に設立されたベネディクト派アングロ・カトリック尼僧院で、1916年に再開された。マードックはその後1948年と1949年の計3回モーリングを訪問しており、これらの経験から『鐘』の着想を得たとされる（Conradi, *Life* 247-50）。

2：以下、引用文の下線は筆者による。

3：*The Bell* からの引用は全て *B* と頁数で示す。

4："pansy" とは同性愛者に対する差別用語。この他にもジェイムズは夫以外の男性と関係を持つドラのことを "bitch"（*B* 235）と呼んでいる。

5：ドリー、キティ、スティーヴァ（オブロンスキー）はトルストイ（Lev Nikolaevich Tolstoy, 1828-1910）の『アンナ・カレーニナ（*Anna Karenina*）』（1878）、ドロシアとカソーボンはジョージ・エリオット（George Eliot, 1819-1880）の『ミドルマーチ（*Middlemarch, A Study of Provincial Life*）』（1871-1872）の登場人物の名前である。

6："The Sublime and the Good" の中では、この二つのタイプの characters を "neurosis" と "social convention" の特性で対比させている（"The Sublime" 52）。

7："... too concrete, too neurotic: he is simply the center of an extreme decision, man stripped and made anonymous by extremity" （"Revisited" 255）.

8："... too abstract, too conventional: he incarnates the commonest and vaguest network of conventional moral thought"（"Revisited" 255）.

9："[H]er fame in Oxford was considerable"（Warnock 72）.

10：現代英米倫理学の傾向については、『現代英米の倫理学Ⅰ』1-26を参照。
11：オックスフォード大学で初めて女性に学位が授与されたのは1920年である。サマーヴィル・コレッジはレディー・マーガレット・ホールとともに1879年にオックスフォード大学で初めて設立された女性の大学教育のための学寮として誕生した。コレッジとして認定されたのは1894年である。
12：マードックと同様、フットとミグリーはサマーヴィル・コレッジ出身だが、アンスコムは学年が1つ上でセント・ヒューズ・コレッジ出身である。創立当初からサマーヴィル・コレッジは "the more scholarly and the more radical reputation"（Lipscomb 24）を持ち、インドラ・ガンディ（Indira Gandhi, 1917-1984）やマーガレット・サッチャー（Margaret Thatcher, 1925-2013）など著名な政治家の他、数多くの学者や作家を排出してきたことでも有名である。ドロシー・セイヤーズ（Dorothy L. Sayers, 1893-1957）、ヴェラ・ブリテン（Vera Brittain, 1893-1970）、ウィニフレッド・ホルトビー（Winifred Holtby, 1898-1935）など、120年ほどの歴史の中で卒業生の中に70人を超える小説家と詩人が誕生したというのも驚くべきことである（Adams 360）。
13："We were interested in moral language, she was interested in moral life . . . she left us, in the end"（qtd. in Broackes 6）.
14："*Amor Vita Mea*"（*B* 25）.
15："*Vox ego sum Amoris. Gabriel vocor*"（*B* 229）.
16："*Defunctos ploro, vivos voco, fulmina frango*"（*B* 247）.
17：Dora "observed"（*B* 281）, "could see well"（*B* 282）, "spotted"（*B* 284）, "looked back quickly"（*B* 284）, "could hardly believe her eyes"（*B* 284）, "looked to see"（*B* 285）, "to stare"（*B* 285）.
18：作品の最後ではドラはほぼ独学で泳げるようになる。"To be able to swim, for Murdoch, is almost to possess moral competence"（Conradi, *Saint* 138）とコンラディも述べている通り、マードック作品において「水」は象徴的な意味を持つ。A. S. バイアット（A. S. Byatt, 1936-2023）は『鐘』の湖について "the lake is obscure

and ambiguous, something that can destroy or support"（Byatt 84）であるとして、その二面性を指摘している。

エピローグ

臼井　雅美

この度、『オックスフォードと英文学』を編集して上梓することができたことは、ここ数年あたためてきたアイデアを若い研究者たちと分かち合い、共に仕事ができたことを意味する。それは、研究者となって35年になろうとしている現在、私にとっては研究の終活であるとともに、若い研究者たちにバトンタッチをする時期を迎えたことでもある。

この企画は、私が研究者としてスタートを切る前の母校である神戸女学院大学、短い間であったが在籍した関西学院大学、そして研究者としてスタートを切った後の広島大学時代から、研究者としての大半を過ごした同志社大学にいたるまでに出会った若い研究者たちと最後の仕事をさせていただきたいという切なる思いによるものである。

アメリカ留学から帰国してすぐに赴任した広島大学総合科学部では、女性研究者の会を持った結果、学部を超えて女性研究者と交流が生まれ、また女性の大学院生たちとも話をする機会があった。その中で出会ったのが、国文学で特に明治時代の女性文学の研究をされていた屋木瑞穂氏だった。彼女は三重大学を卒業して広島大学大学院の修士課程に在籍されていたが、アメリカ留学を希望していた。留学相談に乗ったのがきっかけで、アメリカ留学から帰国後にもお付き合いが続いた。その後、屋木氏は大阪大学の博士後期課程に進学されて博士論文も提出し、奈良佐保短期大学で職に就かれた。

同志社大学に移籍して以来、最も長く研究と教育において仕事をさせていただいた同僚が金谷益道氏である。同志社大学の卒業生であり助手時代から英文学科に勤務されていた金谷氏は、私より年齢は若いが同志社大学での私の先輩にあたり、特に赴任当時は、大学や英文学科のことにほとんど知識がない不慣れな私を丁寧に指導してくださった。トマス・ハーディのご専門ということで、私の専門に最も近い研究分野でいらしたため、卒業論文、修士論文そして博士論文の主査や副査の仕事も最も多く共にさせていただいた。

私が同志社大学に赴任して数年経った時に、赴任された金津和美氏とも、同じイギリス文学が専門ということと、育児に奮闘される先生の姿が以前の私の姿と重なることもあり、親しくさせていただいた。金津氏とは大学や学科の様々な業務で仕事をすることが多かったにもかかわらず、英詩のご専門ということで、研究や学生指導などでご一緒することが少なかったことが悔やまれる。しかし、今回、この企画であまり取り扱われない女性詩人サラ・コウルリッジを選んでくださったことには大変嬉しく思っている。

また、広島大学から同志社大学に移籍して落ち着いた頃に、母校の神戸女学院大学出身の高橋路子氏と知り合うことになる。彼女は、ヴァージニア・ウルフ研究を続けるために故杉山洋子先生が教えていらした関西学院大学博士後期課程に進学されていた。私自身も短い間であったが杉山先生に指導を受けたことがあった。それらの縁があり、母校の紹介者を通じて親しくなった。高橋氏は、高校で講師をしながら研究を重ね、関西学院大学に博士論文を提出された。そして、同志社大学でも嘱託で教えていただいていたが、近畿大学に就職された。

そして、最後に私が同志社大学文学研究科で博士論文の指導をした有為楠香氏と野田ゆり子氏との出会いも、私の研究者人生に大きな意味をもたらした。

有為楠氏は京都大学で学部から修士課程まで学び、その後同志社大学文学研究科博士後期課程に進学された。卒業論文はヴァージニア・ウルフ、そして修士論文はイーヴリン・ウォーに関するものだった。彼女のウォー研究に対する熱意は揺るぐことなく、博士後期課程でもウォーの研究を継続して行うこととなり、無事に博士論文を提出された。彼女が非常勤講師をしながら博士論文を執筆した日々は苦難の連続だったと想像されるが、それを乗り越えられたことは何よりの勲章だと思う。

また、今回の執筆者の中で最も若い野田ゆり子氏は、同志社大学から同文学研究科の博士前期課程、そして博士後期課程と進学され、修士論文も博士論文も一貫してC. S. ルイスに関するものを提出された。野田氏が論文執筆に入った頃に新型コロナウイルスによる感染拡大の影響で、若手研究者海外挑戦プログラムでルイスの研究拠点であるアメリカのウィートン大学の留学をあきらめざるを得なかったことは残念であったが、その後、嘱託講師をしながら、博士論文の執筆を続けられ、無事に博士論文を提出されたことは誠に喜ばしいことであった。

本著の編集を始めたのは、2023年の8月中旬から9月初旬にかけてオックスフォードに滞在している時だった。新型コロナウイルスの感染拡大で4年間渡英していなかった私は、ワダム・コレッジでの学会発表が決まると、2週間オックスフォードに滞在する決心をする。オックスフォード再訪である。今回で8回目となるオックスフォード滞在は、4年前の7回目の滞在からの私のオックスフォード物語を続けるものとなった。

4年ぶりに訪れたオックスフォードの町は、経済がさらに悪化して、ハイストリートでも空き店舗が目立った。また人手不足で、バスの運転手やパブのスタッフ募集の張り紙が目についた。オックスフォード大学自体は以前のように機能して、オックスフォード大学のボドリアン図書館でのリサーチも通常通りにできるようになっていた。大学は夏季休暇中だったので、図書館は研究者や若い大学院生でいっぱいで、その外では世界中からやってきた観光客が歩いている。表面的には以前に戻ったかのようだった。しかし、英国のEU離脱、その後の長期化するウクライナ戦争による影響は大きく、物価高には驚くばかりだった。

ボドリアン図書館では、私が滞在中に、大規模なシステムのリノヴェーションを行っていた。図書館から、このシステム変更によりリサーチが効率よくできない可能性がある知らせを事前に受け取っていたので、それに対処すべく図書館司書たちとメイルのやり取りをした。新しい図書カードの申請を正式にする前に、メイルで必要な書籍をリクエストしていたので、新しい図書カードを受け取るとすぐにセルフ・コレクトのボックスから本を取り出してリサーチに取り掛かることができた。ヒースロー空港に朝到着して、バスでオックスフォードに向かい、ボドリアン図書館のオフィスが 10 時に開くとすぐに図書カードの申請を行い、そのまますぐにウェストン・ライブラリーとオールド・ライブラリーでのリサーチを開始することができた。また、図書カードの発行も 3 回目となり、申請書をメイルで事前に送っていたこともあって、発行手続きの時にはすでに私のカードはほぼ準備されていた。なんと写真は 5 年前のものを再利用されてしまったのであるが。そして、新しいシステムになると、それまでも便利だったのだが、より効率よくネット環境が整えられて、スムーズに検索ができるようになった。

この本の執筆者の方々から原稿が次々と届く中で、私はオックスフォードを去り、日本に帰国した。4 年ぶりとなった 2 週間のオックスフォード滞在は夢のようであり、そしてこの共著の編集という現実を喚起してくれるものでもあった。

この共著の企画に賛同してくださった 6 人の執筆者の方々、そしてオックスフォード大学とオックスフォードの町でお世話になった方々に、感謝の意を示したいと思います。

最後となりましたが、この企画にご尽力くださった英宝社の下村幸一氏が、2024 年の 2 月に、闘病生活の後、ご逝去されました。この場をお借りして、心からご冥福をお祈りいたします。

本書の刊行にあたり、下村氏の後を引き継がれた英宝社の三浦陽子氏には、心からの感謝を申し上げます。

2024 年 6 月

参考文献

第一章　オックスフォード運動とサラ・コウルリッジ
——英国ファンタジー小説の源流を探る

Barbeau, Jeffrey W. *Sara Coleridge: Her Life and Thought*. Palgrave Macmillan, 2014.

Coleridge, Samuel Taylor. *Aids to Reflection*. Edited by John Beer. Princeton UP, 1993.

——. *Lay Sermons*. Edited by R. J. White. Princeton UP, 1972.

——. *Poetical Works*, Vol. I. Edited by J. C. C. Mays. Princeton UP, 2001.

——. "Theory of Life." *Shorter Works and Fragments*, vol. I, edited by H. J. Jackson and J. R. de J. Jackson. Princeton UP, 1995.

Coleridge, Sara. *Phantasmion: A Fairy Tale*. Necropolis Press, 2013.

——. *Pretty Lessons in Verse for Good Children; with Some Lessons in Latin in Easy Rhyme*. 5th ed. London, 1853.

Ford, Jennifer. *Coleridge on Dreaming: Romanticism, Dreams and the Medical Imagination*. Cambridge UP, 1998.

Hunt, Peter editors. *Children's Literature: An Illustrated History*. Oxford UP, 1995.

Prickett, Stephen. *Romanticism and Religion: The Tradition of Coleridge and Wordsworth in the Victorian Church*. Cambridge UP, 1976.

Ruwe, Donelle. *British Children's Poetry in the Romantic Era: Verse, Riddle and Rhyme.* Palgrave Macmillan, 2014.

——. "*Phantasmion*, or the Confessions of a Female Opium Eater." *Beyond*

Romantic Bodies, Genders, Things, edited by Kate Singer et al., Liverpool UP, 2020, pp.275-96.

Schofield, Robin editor. *Sara Coleridge and the Oxford Movement: Selected Religious Writings*. Anthem Press, 2020.

Swaab, Peter editor. *The Regions of Sara Coleridge's Thought: Selected Literary Criticism*. Palgrave Macmillan, 2012.

オーデン、W・H・『わが読書』中桐雅夫訳、晶文社、1978年。（Auden, Wystan Hugh. *Foreward and Afterwords*. Faber and Faber, 1973.）

東京コウルリッジ研究会編　『「政治家必携の書――聖書」研究――コウルリッジにおける社会・文化・宗教』こびあん書房、1998年。

野谷啓二『オックスフォード運動と英文学』開文社出版、2018年。

マクドナルド、ジョージ　『ファンタステス』蜂谷昭雄訳、ちくま文庫、1999年。（MacDonald, George. *Phantastes: A Faerie Romance for Men and Women*, 1858.）

第二章　〈お伽噺〉の時代のアリス物語
――日本初期の『アリス』翻訳と明治の児童文学

Carroll, Lewis. *Alice's Adventures in Wonderland and Through the Looking-glass and What Alice Found There: 150th Anniversary Edition*. Penguin Books, 2015.

キャロル、ルイス「鏡世界」長谷川天渓訳、『明治翻訳文学全集《新聞雑誌編》11 サッカレー/キャロル集』川戸道昭・榊原貴教編、大空社、1999年、207-58頁。

キャロル、ルイス「トランプ国の女王」「海の学校」須磨子（永代静雄）訳、『明治翻訳文学全集《新聞雑誌編》11 サッカレー/キャロル集』川戸道昭・榊原貴教編、大空社、1999年、259-74頁。

千森幹子『表象のアリス――テキストと図像に見る日本とイギリス』法政大学出版局、2015年。

藤本芳則「『少年世界』の小波お伽噺――渡独までを中心に」、『国

際児童文学館紀要』第 23 号、2010 年 3 月、1-15 頁。
ガードナー、マーティン『詳注アリス　完全決定版』高山宏訳、亜紀書房、2019 年。（Gardner, Martin. *The Annotated Alice: 150th Anniversary Deluxe Edition*. W. W. Norton & Company, 2015.）
稲木昭子・沖田知子『アリスのことば学――不思議の国のプリズム』大阪大学出版会、2015 年。
――.「ルイス・キャロルの言語世界」、『ルイス・キャロル小事典』定松正編、研究社出版、1994 年、19-34 頁。
川戸道昭「明治の『アリス』――ナンセンス文学受容の原点」、『児童文学翻訳作品総覧第 1 巻【イギリス編】1』川戸道昭・榊原貴教編、大空社、2005 年、23-53 頁。
河原和枝『子ども観の近代――『赤い鳥』と「童心」の理想』中央公論社、1998 年。
木村小舟『明治少年文学史』第 3 巻、大空社、1995 年。
久米依子『「少女小説」の生成――ジェンダー・ポリティクスの世紀』青弓社、2013 年。
楠本君恵『翻訳の国の「アリス」――ルイス・キャロル翻訳史・翻訳論』未知谷、2001 年。
目黒強『〈児童文学〉の成立と課外読み物の時代』和泉書院、2019 年。
三品理絵「翻案作家としての長谷川天渓：『鏡世界』と『人魚』」、『國文論叢』第 38 号、2007 年 7 月、57-66 頁。
宮垣弘「失われた『アドベンチャー』を求めて」、日本ルイス・キャロル協会編『MISCHMASH』第 17 号、2015 年、73-81 頁。
永代静雄『アリス物語』、紅葉堂書店、1912 年、国立国会図書館デジタルコレクション https://dl.ndl.go.jp/pid/1168394。
成瀬俊一「黄金時代の子どもたち――同時代と未来のヴィジョン」、『英米児童文学の黄金時代――子どもの本の万華鏡』桂宥子・髙田賢一・成瀬俊一編、ミネルヴァ書房、2005 年、21-39 頁。
日本児童文学会編『日本児童文学事典』東京書籍、1988 年。
志村真幸「明治日本への『冒険』の導入」、『冒険と探検の近代日本――物語・メディア・再生産』鈴木康史編著、せりか書房、2019 年、18-31 頁。

高橋康也『ノンセンス大全』晶文社、1977 年。
安井泉編著『ルイス・キャロル ハンドブック――アリスの不思議な世界』七つ森書館、2013 年。

第三章　日陰者が目指した「光の都」
――トマス・ハーディ『日陰者ジュード』とオックスフォード

Dellamora, Richard. "Male Relations in Thomas Hardy's *Jude the Obscure*." *New Casebooks: Jude the Obscure*, edited by Penny Boumelha, Macmillan, 2000, pp. 145-65.

Gibson, James. *Thomas Hardy: A Literary Life*. Macmillan, 1996.

Goldman, Lawrence. *Dons and Workers: Oxford and Adult Education since 1850*. Clarendon P, 1995.

Hardy, Thomas. *Interviews and Recollections*. Edited by James Gibson, Macmillan, 1999.

――. *Jude the Obscure*. Penguin Classics, 1998.

――. *The Life and Work of Thomas Hardy*. Edited by Michael Millgate, Macmillan, 1984.

――. *The Pursuit of Well-Beloved and The Well-Beloved*. Penguin Classics, 1997.

――. *Tess of the D'Urbervilles*. Oxford World's Classics, 1988.

――. *The Woodlanders*. Penguin Classics, 1998.

Kearney, Anthony. "Hardy and Jowett: Fact and Fiction in *Jude the Obscure*." *The Thomas Hardy Journal*, vol. 21, Autumn, 2005, pp. 103-08.

Richardson, Edmund. *Classical Victorians: Scholars, Scoundrels and Generals in Pursuit of Antiquity*. Cambridge UP, 2013.

Steele, Jeremy V. "Plato and the Love Goddess: Paganism in Two Versions of *The Well-Beloved*." *Thomas Hardy Reappraised: Essays in Honour of Michael Millgate*, edited by Keith Wilson, U of Toronto P, 2006, pp. 199-218.

Taylor, Dennis. "Appendix Ⅲ : A Note on the Novel's Chronology." Hardy, *Jude the Obscure*, pp. 474-76.

第四章　オックスフォードからの旅
——『ブライズヘッドふたたび』における疎外と召命

Brennan, Michael G. *Evelyn Waugh: Fictions, Faith and Family.* Bloomsbury, 2013.

Byrne, Paula. *Mad World: Evelyn Waugh and the Secrets of Brideshead.* 2009. Harper Press, 2010.

Christensen, Peter G. "Homosexuality in *Brideshead Revisited*: 'Something quite remote from anything the [builder] intended.'" *A Handful of Mischief: New Essays on Evelyn Waugh*, edited by Donat Gallagher, Ann Pasternak Slater and John Howard Wilson. Fairleigh Dickinson UP, 2011, pp. 137-59.

Eade, Philip. *Evelyn Waugh: A Life Revisited.* Henry Holt and Company, 2016.

Hastings, Selina. *Evelyn Waugh: A Biography*. 1994. Vintage, 2002.

Heath, Jeffrey. *The Picturesque Prison: Evelyn Waugh and His Writing.* 1982. McGill-Queen's UP, 1983.

"History of Campion Hall." *Campion Hall*, www.campion.ox.ac.uk/history-campion-hall. Accessed 6 June 2024.

Lane, Calvin W. *Evelyn Waugh.* Twayne Publishers, 1981.

McCartney, George. *Confused Roaring: Evelyn Waugh and the Modernist Tradition.* Indiana UP, 1987.

Patey, Douglas Lane. *The Life of Evelyn Waugh: A Critical Biography.* 1998. Blackwell, 2001.

Phillips, Gene D. *Evelyn Waugh's Officers, Gentlemen, and Rogues: The Fact behind His Fiction.* 1975. Nelson-Hall, 1977.

Sykes, Christopher. *Evelyn Waugh: A Biography.* 1975. Penguin, 1978.

Waugh, Evelyn. *Brideshead Revisited: The Sacred and Profane Memories of Captain Charles Ryder.* 1945. Penguin, 2000.

——. *Edmund Campion: A Life*. 1935. Ignatius Press, 2005.

——. *The Essays, Articles, and Reviews of Evelyn Waugh*, edited by Donat Gallagher. Little, Brown and Company, 1984.（本論文では *EAR* と表記）

——. *Helena*. 1950. Penguin, 1963.
——. *Put Out More Flags*. 1942. Penguin, 2000.
——. *The Sword of Honour Trilogy*. Knopf, 1994.
野谷啓二『オックスフォード運動と英文学』開文社出版、2018年。

第五章　インクリングズのオックスフォード
——英国ファンタジーが生まれた場所

Baker, Deidre. "Fantasy." *Keywords for Children's Literature.* Edited by Philip Nel and Lissa Paul, New York UP, 2011.
Brockliss, L. W. B. *The University of Oxford: A History.* Oxford UP, 2016.
Carpenter, Humphrey. *The Inklings: C. S. Lewis, J. R. R. Tolkien, Charles Williams and Their Friends.* Harper Collins Publishers, 2006.
——. *J. R. R. Tolkien: A Biography.* Houghton Mufflin, 2000.
Duriez, Colin. *The Oxford Inklings: Lewis, Tolkien, and Their Circle.* Lion Books, 2015.
"Fantasy." *The Oxford English Dictionary*. 2nd ed. 1989.
Ford, Paul F. *Companion to Narnia.* Harper One, 2005.
Green, Roger Lancelyn, and Walter Hooper. *C. S. Lewis: The Authorized and Revised Biography.* 1974. Harper Collins Publishers, 2003.
Hooper, Walter. *C. S. Lewis: A Companion and Guide.* 1996. Harper Collins Publishers, 2005.
Hunt, Peter. *Children's Literature.* Blackwell Publishing, 2001.
Leasor, James. *Wheels to Fortune: The Life and Times of William Morris, Viscount Nuffield.* 1954. James Leaser Publishing, 2020.
Lewis, C. S. *All My Road Before Me: The Diary of C. S. Lewis 1922-27.* Edited by Walter Hooper, Harcourt Brace Jovanovich, 1991.
——. *The Discarded Image*. 1964. Cambridge UP, 2012.
——. *An Experiment in Criticism.* 1961. Cambridge UP, 2012.
——. *The Lion, the Witch and the Wardrobe.* 1950. Harper Collins Publishers, 2000.
——. *The Magician's Nephew.* 1955. Harper Collins Publishers, 2000.
——. *Of Other Worlds: Essays and Stories.* 1966. Harper One, 2017.

——. *Prince Caspian.* 1951. Harper Collins Publishers, 2015.
——. *Surprised by Joy: The Shape of My Early Life.* 1955. Mariner Books, 2012.
——. *That Hideous Strength*. 1945. Harper Collins Publishers, 2003.
Nuffield College. University of Oxford, https://www.nuffield.ox.ac.uk/the-college/about-the-college/
Pullman, Philip. *The Subtle Knife.* 1997. Scholastic Children's Books, 2005.
Rowse, A. L. *Oxford in the History of England.* G. P. Putnam's Sons, 1975.
Schakel, Peter J. *The Way into Narnia: A Reader's Guide.* William B. Eerdmans Publishing, 2005.
Shippey, Tom. *J. R. R. Tolkien: Author of the Century.* Houghton Mifflin, 2000.
Summers, Julie. *When the Children Came Home: Stories of Wartime Evacuees.* Simon and Schuster, 2011.
Tolkien, J. R. R. *The Hobbit.* 1937. Harper Collins Publishers, 2006.
——. *The Lord of the Rings: The Fellowship of the Ring.* 1954. Harper Collins Publishers, 2001.
——. *The Lord of the Rings: The Two Towers.* 1954. Harper Collins Publishers, 2003.
——. *The Silmarillion.* Harper Collins Publishers, 1977.
——. *Tree and Leaf.* 1964. Harper Collins Publishers, 2001.
安藤聡『ファンタジーと英国文化』彩流社、2019 年。
——.『ファンタジーと歴史的危機—英国児童文学の黄金時代』彩流社、2003 年。
——.『なぜ英国は児童文学王国なのか—ファンタジーの名作を読み解く』平凡社、2023 年。
デイ、デイヴィッド『図説トールキンの指輪物語世界—神話からファンタジーへ』井辻朱美訳、原書房、2004 年。(Day, David. *The World of Tolkien.* Octopus, 2003.)
川口喬一他編『最新文学批評用語辞典』研究社、2013 年。
杉山洋子『ファンタジーの系譜—妖精物語から夢想小説へ』中教出版、1979 年。

臼井雅美『ふだん着のオックスフォード』PHP エディターズ・グループ、2021 年。

第六章　女性推理作家たちの夢の跡
――ドロシー・L・セイヤーズとジル・ペイトン・ウォルシュ

Benstock, Bernard, and Thomas F. Staley, eds. *British Mystery and Thriller Writers since 1989, First Series*. Gale, 1989.

――, eds. *British Mystery Writers, 1860-1919*. Gale, 1988.

――, eds. *British Mystery Writers, 1920-1939*. Gale, 1989.

Brittain, Vera. *The Women at Oxford.* Harrap,1960.

Brockliss, L. W. B. T. *The University of Oxford: A History.* Oxford UP, 2016.

Brown, Janice. *The Lion in the Waste Land: Fearsome Redemption in the Works of C. S. Lewis, Dorothy L. Sayers, and T. S. Eliot*. Kent State UP, 2018.

――. *The Seven Deadly Sins in the Work of Dorothy L. Sayers*. Kent State UP, 1998.

Bryant, Margaret E. *The Unexpected Revolution: A Study in the History of the Education of Women and Girls in the Nineteenth Century*. U of London, Institute of Education, 1979.

Clarke, Clare. *British Detective Fiction 1891-1901: The Successors to Sherlock Holmes*. Palgrave Macmillan, 2019.

――. *Late Victorian Crime Fiction in the Shadow of Sherlock*. Palgrave Macmillan, 2014.

Copleman, Dina Mira. *London's Women Teachers: Gender, Class, and Feminism, 1870-1930*. Routledge, 1995.

Darby, Nell. *A History of Women's Lives in Oxford*. Pen & Sword, 2019.

The Detection Club, Dorothy L. Sayers, et al. *The Anatomy of Murder*. Collins Crime Club, 2019.

Downing, Crystal. *Writing Performances: The Stages of Dorothy L. Sayers*. Palgrave Macmillan, 2004.

Durkin, Mary Brian. *Dorothy L. Sayers*. Twayne Publishers, 1980.

Edwards, Martin. *The Golden Age of Murders: The Mystery of the Writers Who Invented the Modern Detective Story*. HarperCollins Publishers, 2015.

Fletcher, Christine M. *The Art and the Trinity: Dorothy L. Sayers' Theology of Work*. Pickwick Publications, 2013.

Forshaw, Barry, ed. *British Crime Writing: An Encyclopedia*. Greenwood Press, 2009.

Frayne, Gail Grossman. *The Curious Cast of Inequality: A Journey for Justice with Dorothy L. Sayers*. ATF Press, 2017.

Frederick, Candice, and Sam McBride. *Women among the Inklings: Gender, C. S. Lewis, J. R. R. Tolkien, and Charles Williams*. Greenwood Press, 2001.

Garrett, Martin. *Cambridge: A Cultural and Literary History.* Interlink Books, 2004.

Hammill, Faye. *Women, Celebrity, and Literary Culture between the Wars*. U of Texas P, 2007.

Kestner, Joseph A. *Sherlock's Sisters: The British Female Detective, 1864-1913*. Ashgate Publishing, 2003.

Leahy, Aoife. *The Victorian Approach to Modernism in the Fiction of Dorothy L. Sayers*. Cambridge Scholars Publishing, 2009.

MacDonald, Gina, ed. *British Mystery and Triller Writers since 1980*. Gale, 2003.

Martin, Jane. *Women and the Politics of Schooling in Victorian and Edwardian England*. Leicester UP, 1999.

Moulton, Mo. *The Mutual Admiration Society: How Dorothy L. Sayers and her Oxford Circle Remade the World for Women*. Basic Books, 2019.

Patterson, Nancy-Lou. *Detecting Wimsey: Papers on Dorothy L. Sayers's Detective Fiction*. Lulu Press, 2017.

Purvis, June. *A History of Women's Education in England.* Open UP, 1991.

Reynold, Barbara. *Dorothy L. Sayers: Her Life and Soul*. St. Martin's Press, 1993.

Roach, John. *Secondary Education in England, 1870-1902: Public Activity and Private Enterprise*. Routledge, 1991.

Rzepka, Charles J, and Lee Horsley, eds. *A Companion to Crime Fiction*. Wiley Blackwell, 2010.

Sandberg, Eric. *Dorothy L. Sayers: A Companion to the Mystery*. Edited by Elizabeth Foxwell, McFarland, 2022.

Sayers, Dorothy L. *Are Women Human?* William B. Eerdmans Publishing, 2005.

——. *Detecting Wimsey: Papers on Dorothy L. Sayer's Detective Fiction*. Valleyhome Books, 2020.

——. *The Documents in the Case*. Edited by Robert Euster, New English Library, 1992.

——. *Dorothy L. Sayers: The Complete Stories*. Harper Paperbacks, 2013.

——. *Gaudy Night*. Victor Galloncz 1939.

——. *God, Hitler and Lord Peter Wimsey: Selected Essays, Speeches and Articles*. Tippermeur Books, 2019.

——. *The Letters of Dorothy L. Sayers: 1899-1936: The Making of a Detective Novelist*. Edited by Barbara Reynolds, Hodder and Stoughton, 1995.

——. *The Lost Tools of Learning: Paper Read at the Vacation Course in Education*. Methuen Publishing, 1947.

——. *The Man Born to be King: A Play-Cycle on the Life of Our Lord and Saviour Jesus Christ*. Harper and Brothers, 1943.

——. *The Mind of the Maker. Methuen*, 1941. Edited by Susan Howatch, Bloomsbury Publishing, 2005.

——. *Papers Relating to the Family of Wimsey*. Humphrey Milford, 1936.

——. *Spiritual Writings*. SPCK, 1993.

——. *The Wimsey Papers: The Wartime Letters and Documents of the Wimsey Family*. 1939-1940. DigiCat, 2022.

——, ed. *Tales of Detection*. M. Dent and Sons, 1952.

Sayers, Dorothy L., and Jill Paton Walsh. *The Attenbury Emeralds: Return to Golden Age Glamour in This Enthralling Gem of a Mystery*. Hodder and Stoughton, 2010.

——. *A Presumption of Death: A Gripping World War II Murder*. Hodder and Stoughton, 2003.

——. *Thrones, Dominations: The Enthralling Continuation of Dorothy L. Sayers' Beloved Series*. Hodder and Stoughton, 1998.

Sayers, Dorothy L., and M. St. Clare Byrne, eds. *Bridgeheads*. Methuen Publishing, 1941.

Youngberg, Ruth Tanis. *Dorothy L. Sayers: A Reference Guide*. G. K. Hall, 1982.

Wade, Francesca. *Square Haunting: Five Women, Freedom and London between the Wars*. Faber and Faber, 2020.

Walsh, Jill Paton. *Knowledge of Angels*. Colt Books, 1994.

——. *The Late Scholar*. Minotaur Books, 2014.

——. *The Wyndham Case*. Minotaur Books, 1993.

Woolf, Virginia. *A Room of One's Own*. 1929. Penguin Books 1990.

Worsley, Lucy. *The Art of the English Murder*. Pegasus Crisis, 2015.

——. *A Very British Murder: The Story of a National Obsession*. BBC Books, 2014.

セイヤーズ、ドロシー・L『ドグマこそドラマ―なぜ教理と混沌のいずれかを選ばなければならないか』中村妙子訳、新教出版社、2005年。(Sayers, Dorothy. *Creed or Chaos and Other Essays on Popular Theology.* Hodder and Stoughton, 1940.)

セイヤーズ、ドロシー・L「犯罪オムニバス(1928-29)」、『ミステリーの美学』仁賀克雄編訳、成甲書房、2003年。(Sayers, Dorothy L., "The Omnibus of Crime "1928-29," *The Art of the Mystery Story: A Collection of Critical Essays*. Edited by Howard Haycraft, The Universal Library, 1946.)

臼井雅美『ふだん着のオックスフォード』PHPエディターズ・グループ、2021年。

第七章　『鐘』から読むアイリス・マードックの「愛」の哲学

Adams, Pauline. *Somerville for Women: An Oxford College 1879-1993*. Oxford UP, 1996.

Broackes, Justin. Introduction. *Iris Murdoch, Philosopher: A Collection of Essays*, edited by Broackes, Oxford UP, 2014, pp. 1-92.

Byatt, A. S. *Degrees of Freedom: The Novels of Iris Murdoch*. Chatto and Windus, 1970.

Conradi, Peter J. *A Life of Iris Murdoch*. W.W. Norton and Company, 2001.

――. *The Saint & the Artist: A Study of the Fiction of Iris Murdoch*. Harper, 1989.

Horan, David. *Oxford: Cities of the Imagination*. Interlink, 2000.

Kaehele, Sharon, and Howard German. "The Discovery of Reality in Iris Murdoch's *The Bell*." *PMLA*, vol. 82, no. 7, Dec. 1967, pp. 554-63.

Lipscomb, Benjamin J. B. *The Women are Up to Something: How Elizabeth Anscombe, Philippa Foot, Mary Midgley, and Iris Murdoch Revolutionized Ethics*. Oxford UP, 2022.

Murdoch, Iris. "Against Dryness: A Polemical Sketch." 1961. *The Novel Today: Contemporary Writers on Modern Fiction*, edited by Malcolm Bradbury, Fontana, 1990, pp. 15-24.

――. *The Bell*. 1958. Vintage, 2004.（『鐘』丸谷才一訳、集英社、1977年。）

――. Interview. *Women Writers Talk*, edited by Olga Kenyon, Caroll & Graf Publishers, 1989, pp. 133-47.

――. *The Sovereignty of Good*. 1970. Routledge, 2001.（『善の至高性―プラトニズムの視点から』菅豊彦・小林信行訳、九州大学出版会、1992 年。）

――. "The Sublime and the Beautiful Revisited." *The Yale Review*, vol.49, 1960, pp. 247-71.

――. "The Sublime and the Good." *Chicago Review*, vol. 13, no. 3, 1959, pp. 42-55. *JSTOR*, https://doi.org/10.2307/25293537.

Nicol, Bran. "The Curse of *The Bell*: The Ethics and Aesthetics of Narrative." *Iris Murdoch: A Reassessment*, edited by Anne Rowe, Palgrave Macmillan, 2007, pp. 100-11.

Warnock, Mary. *A Memoir: People and Places*. Duckbacks, 2000.

ベイリー、ジョン『作家が過去を失う時：アイリスとの別れ：1』小沢瑞穂訳、朝日新聞社、2002 年。

コールズ、ロバート『シモーヌ・ヴェイユ入門』福井美津子訳、平凡社、1997 年。

参考文献

日本イギリス哲学学会編『イギリス哲学・思想事典』研究社、2007年。
日本アイリス・マードック学会編『全作品ガイド：アイリス・マードックを読む』彩流社、2008年。
ヴェイユ、シモーヌ『神を待ち望む』今村純子訳、河出書房新社、2020年。
矢島羊吉「現代英米倫理学の傾向」『現代英米の倫理学 I 』現代倫理研究会訳、福村出版、1967年、1-26頁。

著者紹介（アルファベット順）

金津　和美（Kazumi Kanatsu）D. Phil（文学）
同志社大学教授
主な業績：『ロマン主義エコロジーの詩学――環境感受性の芽生えと展開』（共著、音羽書房鶴見書店 2015 年）、『トランスアトランティック・エコロジー――ロマン主義を語り直す』（共著、彩流社 2019 年）、『スコットランド文学の深層――場所、言語、想像力』（共著、春風社 2020 年）、『十八世紀イギリス文学研究――変貌する言語・文化・世界』（共著、開拓社 2022 年）

金谷　益道（Masumichi Kanaya）修士（文学）
同志社大学教授
主な業績：『幻想と怪奇の英文学 II 増殖進化編』（共著、春風社 2016 年）、『幻想と怪奇の英文学 IV 変幻自在編』（共著、春風社 2020 年）、「ヴァージニア・ウルフの映画体験――痕跡・偶然・無意識」、『英国小説研究』第 28 冊（英宝社 2021 年）、「英国小説批評における描写批判――物語性・イデア・迫真性」、『英国小説研究』第 29 冊（英宝社 2023 年）

野田　ゆり子（Yuriko Noda）博士（英文学）
同志社大学嘱託講師
主な業績：「語り直される回心への旅路―C. S. ルイス作『顔を持つまで』と『喜びのおとずれ』の類似性」（『core』第 45 号）、“Into the World of Destruction: The Allegory of Nazism in C. S. Lewis’s *The Pilgrim’s Regress*”（*Doshisha Literature* No.61）、「獅子の威を借る『女』

—C. S. ルイスの『ライオンと魔女』と『魔術師のおい』における性と悪」(『キリスト教文学研究』第37号)

高橋　路子(Michiko Takahashi) 博士(文学)
近畿大学准教授
主な業績:『幻想と怪奇の英文学IV 変幻自在編』(共著、春風社 2020年)、『終わりの風景—英語圏文学における終末表象』(共著、春風社 2022年)、『言葉を紡ぐ—英文学の10の扉』(共著、音羽書房鶴見書店 2023年)、『「帰郷」についての10章』(共著、音羽書房鶴見書店 2024年)

臼井　雅美(Masami Usui)　Ph.D.(文学)
同志社大学教授
主な業績:*A Passage to Self in Virginia Woolf's Works and Life*(現代図書 2017年)、*Asian/Pacific American Literature* I, II, III(現代図書 2018年)、『記憶と共生するボーダレス文学』(英宝社 2018年)、『カズオ・イシグロに恋して』(英宝社 2019年)、『記憶と対峙する世界文学』(英宝社 2021年)、『ブラック・ブリティッシュ・カルチャー』(明石書店 2022年)、『イギリス湖水地方におけるアーツ・アンド・クラフツ運動』(英宝社 2023年)

有為楠　香(Kaori Wicks) 博士(文学)
名古屋大学嘱託講師
主な業績:「犬を連れたピルグリム——犬の表象からひもとく『士官と紳士』と古典文学の結びつき」(『主流』第76号)、「フォルトゥナの葬送—Evelyn Waughの小説における女性像の変遷—」(『主流』第78号)、「遅れてきた者たちのカノン—イーヴリン・ウォー『ヘレナ』

考」(『キリスト教文学研究』第34号)、「イーヴリン・ウォーのユーゴスラヴィア駐留―*Unconditional Surrender* に見る戦争と倫理―」(『主流』第84号)

屋木　瑞穂(Mizuho Yagi)博士(文学)
奈良佐保短期大学専任講師
主な業績:『英語で読むこどもの本』(共著、創元社1996年)、『論集樋口一葉V』(共著、おうふう2017年)、「樋口一葉『大つごもり』論――松原岩五郎の小説・下層社会ルポルタージュとの関連に注目して」(『語文』第106・107輯)、「樋口一葉のユゴー受容の一側面――『暗夜』と『ノートルダム・ド・パリ』」(『語文』第119輯)

オックスフォードと英文学
(***Oxford and English Literature***)

2024 年 9 月 17 日　印　刷　　　　2024 年 9 月 30 日　発　行

編　　者 © 臼　井　雅　美
(Masami Usui)

発 行 者　佐 々 木　　元

発 行 所　株式会社　英　　宝　　社
〒101-0032 東京都千代田区岩本町 2-7-7
TEL 03 (5833) 5870-1 FAX 03 (5833) 5872

ISBN 978-4-269-73053-3

［製版・印刷・製本：日本ハイコム株式会社］